보편의 단어

일러두기

한 권의 책은 수십만 개의 활자로 이루어진 숲인지 모릅니다. 《보편의 단어》라
는 숲을 단숨에 내달리기보다 이른 아침에 고즈넉한 공원을 산책하듯이 찬찬
히 거닐었으면 하는 바람입니다.

당신의 삶을 떠받치고 당신을 살아가게 하는

보편의 단어

이 기 주 산 문 집

말글터

당신이

읽고 쓰고 말하고 떠올리는

평범한 단어들이,

소란스러운 세상으로부터

당신을 지켜줄지 모릅니다.

차례

0 3　덜 아픈 사람이 더 아픈 사람을 안아준다

06 저마다 다른 짐을 어깨에 지고 살아간다

어쩌면 우린
우리가 자주 사용하는 단어로
이루어져 있는지도 모른다

이 책을 집필하기 시작할 무렵 할머니가 돌아가셨다. 평소 화초 가꾸는 일을 좋아하셨기에, 화장한 유골을 나무 밑에 묻는 수목장으로 모셨다.

살아생전 할머니는 내게 종종 전화를 걸어 "기주야, 주말에 시간 나면 밥 먹으러 오렴. 네가 좋아하는 음식 해놓을게"라고 말씀하셨다. 전화기 너머에서 들려오던 할머니의 따스한 목소리가 메아리처럼 긴 여운을 남기며 여전히 귓가에 맴돈다.

난 누군가가 간절히 그리워지면 그가 남긴 말과 글의 흔적을 더듬는다. 그 사람의 입술을 비집고 나온 음성과 손가락 끝에서 솟아나는 글자마다 그의 생각과 감정은 물론이고 삶의 숨결이 묻어 있기 때문이다.

개인의 정체성과 그가 즐겨 사용하는 단어는 무관하지 않다. 어쩌면 우리의 정서와 사유 체계는 우리가 자주 사용하는 단어들로 이루어져 있는지도 모른다.
그도 그럴 것이, 때론 친밀한 사람 앞에서 꾸밈없이 내뱉는 말 한마디가 마음의 민낯을 가장 솔직하게 드러낸다. 때론 소셜 미디어에 올리는 짧은 글귀에 삶의 희로애락이 새겨진다. 때론 일기장 귀퉁이에 끄적이는 낯선 낱말이 인생의 길잡이 역할을 하기도 한다. 무의미한 단어는 없다. 우리가 자주 읽고 쓰고 떠올리는 모든 단어엔 각자의 삶이 투영돼 있기 마련이다.

입과 손을 거쳐 세상으로 뻗어나가는 무수한 단어는 세월 속으로 가뭇없이 사라지지 않는다.

애당초 우리 안에서 태어난 것이므로 그중 일부는 마음에 쌓이고 머리에 각인돼 우리의 삶과 한데 포개져 있다가, 어느 날 마법처럼 되살아나 소란스러운 세상으로부터 우리를 지키는 보호막이 되어주곤 한다.

살다 보면 새롭고 낯선 무언가가 일상을 덮쳐 흙처럼 쌓이는 날이 있고, 익숙한 것이 세월의 바람에 사정없이 깎여나가는 날도 있다.
새로운 것과 친숙한 것 모두 삶에 보탬이 될 수 있지만 일상을 떠받치는 건 후자가 아닌가 싶다. 낯선 것은 우릴 설레게 만들기는 하지만, 눈에 익거나 친숙하지 않은 탓에 마음을 편안히 기댈 순 없다.
삶의 무게에 무너졌다가 다시 일어나는 날, 마음을 지탱해주는 건 우리 곁에 있는 익숙한 것들이다. 예컨대 우리가 일상에서 무심결에 사용하는 보편의 단어야말로 삶을 떠받치는 든든한 버팀목이 되어줄지 모른다.

이 책을 덮는 순간 당신이 즐겨 쓰거나 당신을 살아가게 하는 단어들, 그리고 그 안에 깃든 삶의 풍경을 찬찬히 돌아볼 수 있었으면 하는 바람이다.

내밀한 행복과 일상을 지켜내기 위해 오늘도 고투하는 당신에게 진심을 담아 이 책을 건넨다.

이기주

01

일상에서 각자의 방식으로 몸과 마음을 지키는 일이야말로 삶의 근간이다.

가장 일상적인 것이
가장 고귀하다

일상

불행의 반대

한국인에게 삶이 행복하냐고 물으면 그렇다고 말하는 사
람보다 불행하다고 답하는 쪽이 훨씬 많다.

불행하다는 사람에게 어떤 이유로 불행한지 질문하면 대
답은 제각각이다. 욕망이 채워지지 않아서 행복하지 않
다는 사람이 있는가 하면, 타인과 자신을 비교함으로써
불행감을 느낀다는 이들도 있다.

그 원인이 무엇이든 어느 날 갑자기 불행이라는 바람이 일상의 들판을 휩쓸고 지나가면 평온하던 마음에 균열이 일어나기 마련이다.

마음이 어그러지는 순간 우린 덧없는 상념 속으로 빠져든다. 그러면 일상을 온전히 누리지 못하는 것은 물론이고 때론 나와 내 주변을 돌볼 여유마저 잃는다. 매일 하던 운동과 산책을 거르기도 하고 가족이 웃으며 건네는 아침 인사에 건성으로 답한 채 무표정한 얼굴로 집을 나서기도 한다.

사람은 마음을 잃어버리면 자칫 생의 모든 것을 잃어버릴 수도 있다.

그러므로 홀로 불행 속에 던져진 것 같은 기분이 들거나 잡스러운 생각이 머릿속을 떠나지 않을 때일수록, 남들처럼 행복해지려 애쓰기보다 마음의 균열을 메우고 일상을 정돈하는 데 공을 들여야 하는지 모른다.

불행의 반대는 행복이 아니라 일상에 가깝다.

평범

남들처럼 살고 싶다는 욕망

"집 근처 카페에서 4타수 3안타를 기록했는데 그중 하나가 홈런이었어!"

평소 노트북을 들고 다니며 글을 쓰거나 그림을 그리는 사람들의 입에서 종종 흘러나오는 문장이다.

장소에 상관없이 이곳저곳 옮겨 다니며 업무를 보는 소위 디지털 유목민 입장에선 작업이 잘될 것 같은 공간을 찾아가는 일은 야구 선수가 타석에 들어서는 일과 비슷하다. 그래서 일부러 찾아간 카페에서 일정 분량의 원고를 쓰면 '진루타', 의미 있는 글감이 떠오르거나 막힘없이 글이 술술 써지면 '홈런'이라고 마음속 기록지에 표시하곤 한다.

그렇다면 노트북 작업하기 좋은 곳이라는 소문을 듣고 방문한 카페에서 몇 줄 쓰지 못한 채 머리카락만 쥐어뜯다가 쓰디쓴 커피만 마시고 나왔다면? 그날은 '헛스윙' 또는 '삼진'으로 기록된다.

이쯤에서 누군가는 의아한 표정을 지으며 질문할지도 모르겠다. "그냥 과거에 홈런을 날렸던 카페를 꾸준히 방문하면 되지 않나요?"라고 말이다. 글쎄다. 그게 그리 간단한 문제가 아니다.

작업실이 따로 없는 내가 "공간이 바뀌면 생각도 바뀐다"는 명제를 가슴에 품고 일부러 찾아가는 카페의 조건을 정리하면 이렇다.

1 가사 없는 음악이 흐른다.
2 책상과 의자가 불편하면 안 된다.
3 통창으로 밖을 내다볼 수 있어야 한다.

각각을 따로 떼어놓고 보면 지극히 평범한 조건이다. 문제는 위 세 가지를 모두 충족하는 카페가 드물다는 사실이다.

어쩌다 모든 조건에 부합하는 곳, 즉 창문 바깥의 풍경과 은은한 연주곡을 벗 삼아 키보드를 두드리기 좋은 카페가 눈에 들어올 때도 있지만, 평일에도 노트북 가방을 짊어진 사람들로 인산인해를 이루는 탓에 그런 곳에선 느긋한 마음으로 작업을 할 수가 없다.

마음에 드는 카페라고 해서 너무 자주 가는 것도 곤란하다. 카페 주인장과 필요 이상으로 친해져 노트북을 펼치기도 전에 대화를 나누느라 작업이 뒷전으로 밀리는 때가 허다하기 때문이다.

이 외에도 처음엔 날 알아보지 못하던 카페 주인장이 어느 날 갑자기 빙그레 웃으며 다가와 한꺼번에 너무 많은 이야기보따리를 풀어놓는 경우도 있다.

"혹시 이기주 작가님인가요? 맞죠? 작가님을 만나면 묻고 싶은 게 있었어요!"

이때도 난감하기는 마찬가지다. 단순히 일상의 이야기를 주고받는 거라면 나도 좋지만, 그게 아니라 "제가 고민이 있는데 조언을 좀 부탁드립니다"라면서 애니메이션에 등장하는 장화 신은 고양이처럼 초롱초롱한 눈빛으로 날 바라볼 땐 적잖은 부담감을 느끼게 된다.

'난 그저 평범한 카페에서 조용히 노트북 작업을 하고 싶었을 뿐인데. 그나저나 당장 내일부턴 어느 카페로 가야 하지?'

평소처럼 머릿속에 뒤죽박죽 섞여 있는 생각을 한 줄의 실처럼 간명한 문장으로 뽑아내기 위해 내가 좋아하는 분위기를 지닌 카페를 찾아간 날이었다.

옆 테이블에서 회사 동료로 보이는 이들이 주고받는 대화가 들려왔다. 일행 중 한 명이 말했다.

"난 남들처럼 평범하게 살기를 원하는 거야!"

옆에 있던 누군가가 미간을 찌푸리며 대꾸했다.

"평범? 야, 솔직히 말해봐. 정말 평범한 걸 원하는 거야? 아니면 여러 조건이 평균의 수준을 약간 상회하는, 그러니까 어느 정도 안정된 삶을 원하는 거야?"

평범한 삶을 원한다고 이야기를 꺼낸 사람은 입을 다물었다. 순간 정적이 감돌았다. 평범이라는 단어가 그들의 가슴을 무겁게 짓누르는 듯했다. 옆 테이블에서 노트북을 두드리던 나도 덩달아 숙연해졌다.

누구나 하늘을 향해 고개를 치켜들고 중얼거린 경험이 있으리라. "내가 원하는 건 대단한 게 아니라 지극히 평범한 거야…"라고.

평범하다는 건 어떤 의미일까. 단순히 특별하지 않다는 걸까. '평범'의 사전적 정의는 뛰어나거나 색다른 점이 없이 보통이라는 뜻이다. 대체로 '중간', '보통' 같은 말과 동의어로 쓰이지만, 그 뒤에 '삶'이 결합하는 순간 사회적 맥락을 지닌 단어로 돌변한다. '남들만큼'이라는 단서가 따라붙는 탓이다.

오늘날 우리 사회에서 통용되는 '평범한 삶'은 무난한 일상을 반복하는 보통의 삶을 가리키지 않는다. 웬만한 삶의 조건이 어느 정도 충족돼야, 혹은 어떤 수준이나 대열에 속하진 못하더라도 크게 뒤처지지 않아야 평범하게 살 수 있다고 생각하는 사람이 많다.

이런 인식이 퍼져 있는 이유는 뭘까. 본래 인간 욕심의 지향점이 평범보다 높은 곳을 향하는 데다, 대부분 현대인이 타인과의 비교 속에서 평범의 기준을 설정하고 자신의 위치를 확인하기 때문이 아닐까 싶다.

어쩌면 우리가 입버릇처럼 되뇌는 "평범하게 살고 싶다"
는 문장에는, 남보다 뒤처지지 않겠다는 경쟁의식과 함
께 사회의 주변부로 밀려나지 않으려는 결연한 의지가
깃들어 있는지도 모른다.

하지만 모두가 공통의 목표를 두고 사활을 걸다시피 하
는 사회는 그만큼 경쟁이 치열할 수밖에 없다. 목표에 닿
는 사람이 있으면, 다른 한편에는 뼈저린 좌절감을 안고
살아가는 사람도 존재하기 마련이다.

한마디로, 남들처럼 평범하게 살기 위해선 평범하지 않
은 대가를 치러야만 하는 시대에 우리는 살고 있다.

평범하게 살기가 말처럼 쉽지 않은 이유다.

애증

가장 복잡한 감정

TV에서 어느 유명 가수가 거리 공연을 하는 모습을 보았다. 그는 노래를 부르기 전에 자신의 가족사를 들려주었다. 그의 고백에는 아버지를 향한 원망과 그리움이 뒤엉켜 있었다.

"평생 아버지를 미워했습니다. 그런데 아버지가 돌아가신 후에는 원망의 감정이 예전과는 다른 방향으로 흐르더군요. 더는 만날 수 없다는 사실이 미움을 덮어버리는 것 같았어요."

존재의 소멸은 대립과 갈등마저 잠재운다는 뜻일까. 그
는 두어 번 마른 입술을 달싹거린 뒤 노래를 시작했다.
아버지에게 미처 하지 못한 말을 노래로 갈음하여 허공
에 풀어놓는 것처럼 보였다. 그는 중간중간 하늘을 올려
다보며 지그시 눈을 감았다.

부모와 자식의 관계는 '애증'이라는 단어로 다 설명할 수
없을 정도로 복잡다단하다.

나 역시 평소에는 어머니와 둘도 없는 친구처럼 속마음을 털어놓으며 지내지만, 가끔은 안 해도 될 말을 해서 서로의 기분을 망가뜨릴 때가 있다. 그런 날이면 반나절 정도 거의 말을 섞지 않는다. 어쩌다 이야기를 나눠도 묻는 말에만 단답형으로 대답할 뿐이다.

자식은 생물학적 창조자인 부모에게 정서적으로 기대면서 성장하기 마련이다. 그런데도 둘 사이에 이따금 반목과 대립이 싹트는 건 왜일까?

"자식은 부모의 마음대로 되지 않는다는 사실을 내가 자식을 낳기 전까진 미처 몰랐습니다"라고 많은 부모가 입을 모으는 까닭이 뭘까?

신이 부모에게 자식을 보낸 이유는 마음대로 되지 않는 게 있다는 걸 깨닫게 해주기 위함이다, 라는 말이 있다. 부모는 자신이 가리키는 길로 자식이 걸어가길 원하지만 본인의 의사와 상관없이 세상에 나온 자식으로선 굳이 부모의 말을 따라야 할 이유가 없다.

자식이 부모의 이야기를 한 귀로 듣고 한 귀로 흘리는 건 어찌 보면 당연한 일일지 모른다.

이와 관련해, 인간의 삶이 한 생애에 완성되는 것이 아니라 여러 번 생을 거듭함으로써 이뤄진다고 믿는 사람들은 흥미롭지만 서늘한 이야기를 들려준다. 그들은 말한다.

"전생에 연인으로 연을 맺었다가 원수로 헤어진 사람이 현생에 내 자식으로 태어나는지도 모릅니다."

한때는 열렬히 사랑했으나 끝내 미워하며 이별했기에, 이승에서 애증이라는 복잡한 감정을 주고받을 수밖에 없다는 얘기다.

애증, 말 그대로 사랑과 미움이 버무려진 관계를 이어가다 보면 서로 사랑하는 만큼 때론 상처를 주고 서로 의존하는 만큼 때론 원망을 품기도 한다.

이때 부모에 대한 노골적인 원망을 터트리는 자식들은 불만과 불신이 섞인 얼굴로 부모의 굽은 등을 은연중에 바라보며 주문을 외우듯 중얼거린다.

"난 정말이지 내 부모처럼 살지 않을 거야!"

원망은 다른 감정을 밟고 위로 올라선다.
원망은 여간해선 마음의 바닥으로 가라앉지 않는다.

세월의 흐름 속에서 서로를 못마땅하게 여기는 감정이
사그라들기도 하지만, 그렇지 않은 자식들은 부모의 품
을 벗어나기 위해 버둥거리거나 넓은 세계로 나아가겠다
며 거창한 목표를 세운다.
때로는 치기 어린 자신감에 사로잡히기도 한다. 손만 뻗
으면 무지갯빛 낙원에 쉽게 도착할 수 있을 거라고 믿는
다. 그러나 어른이 되고 세상을 알아가는 과정에서 중요
한 사실 몇 가지와 자연스레 맞닥뜨리게 된다.
실은 부모처럼 사는 것도 쉽지 않은 일이라는 것을, 그리
고 넓은 곳으로 나아가는 것 못지않게 삶의 터전을 지켜
내는 일 또한 중요하다는 사실을 말이다.

부모 역시 삶의 종착역에 다가갈수록 예전과는 다른 시
선으로 자신과 자식의 삶을 바라보며 뒤늦은 회한에 잠
기기 마련이다.

'왜 자식의 삶에 내 꿈을 심으려 했던 걸까? 누군가를 돌
보는 건 상대의 마음을 살피는 일인데, 나는 왜 자식의
마음을 들여다보지 못한 걸까?'라고 말이다.
눈을 감는 순간까지 애증이라는 굴레에 갇힌 채….

원칙

거절과 승낙의 근거

서울 종로구 혜화동에 들렀다가, 학창 시절 자주 가던 작은 프랜차이즈 카페를 찾아갔다. 주인장은 바뀌었지만 카페는 그대로 있었다. 반가운 마음에 책에 사인을 해서 선물했다.

나는 방송이나 강연에 나가서 그럴싸한 이야기를 들려주며 누군가의 스승이 되려 애쓰기보다 이런 소소한 시간 속에 머물 때 작가로서 보람과 감사함을 느낀다.

일상에서 각자의 방식으로 몸과 마음을 지키는 일이야말로 삶의 근간이다.

난 내 심신을 온전히 돌보기 위해, 그리고 삶의 리듬을 유지하기 위해 몇 해 전부터 외부 활동이나 기업 강연 등을 하지 않고 있다.

직업적으로 글을 쓰는 사람 중엔 말을 분수처럼 쏟아내면서 집필에 필요한 아이디어를 얻는 사람이 있고, 평소할 말을 다 하지 않고 마음의 안쪽으로 말을 억누르면서 문장을 긁어모으는 사람도 있기 마련이다.

이는 선택의 문제인데, 아무래도 나는 후자에 속하는 것같다. 일정한 분량의 글을 쓰려면 한동안 말을 삼켜야 한다. 그래야 내 안에서 책으로 전환될 만한 무언가가 쌓이는 기분이 든다.

작가 생활을 시작할 무렵에는 책을 알리는 데 도움이 될까 싶어서 내게 주어지는 모든 강연 행사에 응했었다. 내이야기를 직접 듣고 싶어 하는 사람들이 있다는 사실이 감사하기도 했고, 강연에서 내가 하는 말이 누군가에겐 위로가 될 수도 있으리라 여겼다. 그래서 무료로 강연을 한 적도 많았다.

이후 몇 권의 책이 대중적으로 알려지면서 이전보다 다양한 단체와 기업으로부터 강연 요청을 받기에 이르렀다. 강연을 하고 나면 보람과 후련함이 밀려올 줄 알았으나 매번 찝찝한 마음을 안고 돌아오곤 했다.

'모름지기 작가라면 말보다 글을 우위에 두어야 하는 법인데 이렇게 살다가는 글보다 말을 귀하게 여기는 사람이 되지 않을까? 게다가 내가 대단한 이야기를 들려주는 것도 아닌데 한두 시간 강연에 이렇게 큰돈을 받아도 되는 걸까?'

강연을 할 때마다 마음이 편치 않았다. 계속 말을 낭비하다가는 책을 쓰는 사람이 아니라 강연을 위해 책을 파는 사람이 될 수 있겠다는 생각이 들었다. 결국, 강연을 일절 하지 않기로 했다.

그 후 섭외 제안이 점차 줄어들겠거니 생각했다. 예상은 빗나갔다. 외부 활동을 중단하겠다고 선언했더니, 섭외하기 어려운 연사라는 소문이 나면서 오히려 더 많은 단체에서 강연 요청을 받는 상황이 펼쳐졌다.

난 매번 거절 의사를 전달했다. 개중에는 뒤끝이 좋지 않은 경우도 있었다. 내게 거절당한 단체의 행사 담당자 중 몇몇은 본인의 지위와 인맥을 내세우며 은근슬쩍 압력을 가하기도 했다.

그때마다 괜한 불이익을 당하진 않을까, 알고 지내는 사람과 관계가 틀어지진 않을까 하는 우려가 없었던 것은 아니지만 나는 강연을 하지 않겠다는 원칙을 누그러뜨리지 않았다.

최근에도 한 에이전시로부터 기업 강연을 해달라는 제안을 받았다. 예전에도 몇 차례 이메일을 보내온 곳이었다. 난 다음과 같이 답장했다.

"미안합니다. 요즘 전 강연을 하지 않고 있습니다. 제 소신이니 이해해주셨으면 합니다."

이렇게 이메일을 보내면 대개는 "그렇군요. 작가님의 입장을 존중합니다. 답장을 보내주셔서 고맙습니다"라는 대답이 돌아온다.

예외도 있다. "이번 한 번만 눈 딱 감고 어떻게 안 될까요? 작가님이 강연하겠다고 할 때까지 계속 연락드릴 겁니다!"라는 식으로 더욱 간곡하게 이메일을 보내오는 곳도 있다. 그러나 '이번 한 번만'이라는 말 때문에 손바닥 뒤집듯 뒤집으면 그건 원칙이 아니다. 이런 경우 더 분명하게 거부의 뜻을 내비쳐야 한다.

거절은 어렵다. 상대의 기분을 상하게 하지 않으면서 명확하고 정중하게 거절의 뜻을 내비치기란 말처럼 쉬운 일이 아니다.
'수월하게 거절하는 요령', '죄책감 없이 거절의 뜻을 전하는 법' 따위의 글들을 몇몇 책에서 읽은 기억이 있는데, 딱히 도움이 됐던 것 같진 않다. 현명하게 거절하는 방법 같은 건 솔직히 잘 모르겠다. 내가 그걸 알고 있다면 강연을 거절하는 과정에서 이런저런 고민에 휩싸이지도 않았으리라.

다만 한 가지 분명한 것은 내게 주어지는 모든 제안, 특히 강연이나 북 토크를 해달라는 요청을 다 승낙할 경우 내 몸과 마음을 돌볼 시간이 줄어들게 되고, 결국 내가 애써 지켜나가는 일상의 리듬이 깨질 수밖에 없다는 사실이다.

이는 소란스러운 세상으로부터 날 지키는 것이 아니라 오히려 시끄러움의 한복판으로 들어가는 것이나 다름없다. 나는 그런 삶을 원치 않는다.

이런 내 마음도 모른 채 어떤 이들은 처음 만난 자리에서 방송 활동을 권유하거나 내 삶의 방향을 교정하려 든다. 그들의 조언은 대개 "제가 작가님을 걱정해서 하는 이야기인데요"라는 문장으로 시작해서 "제 이야기를 귀담아 들으세요"라는 내용으로 끝을 맺는다.

특히 출판 관련 행사에 참석할 때면 이래라저래라 참견하는 이들을 심심찮게 만나게 된다. 그런 자리에서 나눴던 대화를 재구성하면 대략 다음과 같다.

"안녕하세요, 이기주 작가님. 평소 작가님은 언론 인터뷰를 잘 하지 않는 것으로 알려져 있는데요, 이번에 신간도 냈으니 저와 대담을 나누고 그걸 기사로 내보내면 어떨까 싶은데요."

"죄송하지만, 인터뷰는 지양하고 있습니다. 굳이 안 해도 될 말을 하게 되는 것 같아서요. 그리고 얼굴이 너무 알려지는 것도 원치 않습니다."

"그렇군요. 뭐, 할 수 없죠. 참, 사람들이 작가님을 알아보는 게 부담스럽다면 서점이나 편의점에 갈 때도 마스크에 모자를 푹 눌러쓰고 가야겠어요?"

"네?"

"하하, 농담입니다. 아무튼 언론과 인터뷰하는 것을 꺼린다면, 제가 볼 때 작가님은 〈어쩌다 어른〉 같은 강연 프로그램에 출연하는 것도 좋을 것 같아요. 목소리가 나쁘지 않으니까 한 번 출연하면 여러 곳에서 출연 제의가 올 겁니다. 제 말 들으세요. 쓸데없는 고집부리지 마시고요. 방송의 물결에 올라타세요. 지금보다 훨씬 유명해질 수 있습니다. 방송국에 아는 사람이 있는데 제가 연결해드릴까요?"

이런 조언을 듣자마자 "예? 뭐라고요? 지금 솔직함과 무례함을 구분하지 못하시는 거 아닙니까!"라고 응수하고 싶은 마음이 전혀 없는 것은 아니지만, 정말 그랬다가는 말다툼이 오고 갈 수 있기에, 그저 헐거운 웃음과 함께 고개를 가로저으면서 그곳을 빠르게 빠져나오는 편이다.

"기자님, 말씀은 고맙지만 전 지금이 편해요. 앞으로도 유명해지고 싶은 생각이 없습니다."

돌이켜보면 작가로 살아오면서 지나치게 화려한 포장지로 싸인 선물을 건네받을 때가 많았던 것 같다. 그때마다 난 포장을 뜯지 않고 되돌려보냈다.

어떤 선물은 그것을 개봉하는 순간에만 설렘을 안겨준다. 내 것이 아니라는 생각이 들면 아예 수령하지 않는 게 현명하다.

내가 쓴 몇 권의 책이 대중에게 알려지긴 했지만, 책이 유명한 것이지 내가 유명한 게 아니다. 난 유명함을 즐길 수 있는 성향의 사람도 아니다. 지금보다 유명해지고 싶은 생각도 없다. 난 그저 작가로서 내가 하는 일을 꾸준히 이어나가고자 하는 사람일 뿐이다. 비록 그 일이 커다란 성과를 내진 못하더라도 말이다.

나는 나를 안다. 앞으로도 내게 어울리지 않는 제안을 받으면 내가 세운 원칙에 따라 거절할 것이다. 적절한 거부를 통해 일상의 리듬을 유지하고 마음의 중심을 잡을 것이다. 그렇게 나를 지키며 살아가고자 한다.

아픔

삶은 고통 속을
통과하는 일

감정의 무게를 측정할 수 있을까? 기쁨과 슬픔을 저울에 올려놓고 무게를 재면 어느 쪽으로 기울어질까?

어떤 질문은 딱 떨어지는 정답이 존재하지 않는다. 그저 다른 질문을 징검다리 삼아, 보편의 진리와 이치를 향해 한 발짝 한 발짝 거리를 좁히며 다가서야 한다. 감정에 관한 질문이야말로 그렇다.

나는 이 책을 움켜쥐고 있는 당신에게 묻고 싶다.

"평소 당신은 기쁨을 함께 나누던 사람과 멀어질 때 심리적 타격을 크게 받습니까? 아니면 슬픔을 함께 나누던 사람과 헤어질 때 타격을 받는 편인가요?"

아마 후자라고 답하는 이들이 많지 않을까 싶다. 기쁨을 공유하던 사람과는 갑자기 연락이 닿지 않아도 사는 데

별지장이 없다. 하지만 곁에서 슬픔을 달래주던 사람과 별안간 관계가 끊어지면 주체할 수 없는 감정이 밀려오거나 마음이 허전해지기 마련이다.

두 번째 질문이다. "시간의 차이를 두고 똑같은 양의 기쁨과 슬픔이 당신의 마음을 향해 번갈아 닥쳐온다고 가정해봅시다. 마음에 더 오래 달라붙는 것은 어느 쪽일까요?"

사실 이건 물어보나 마나 한 질문이다. 당연히 슬픔의 생존력이 훨씬 강하다. 기쁨은 마음의 안쪽에 장기간 보관되지 않지만, 슬픔은 마음에 진득하게 달라붙어서 잘 떨어지지 않는 법이다.

그래서일까. 우리 삶에서 슬픔과 맞닿아 있는 것들, 예컨대 몸과 마음의 고통 같은 것들은 항상 우리가 감내하기 벅찰 정도의 무게로 그악스럽게 다가온다.

코로나19의 기세가 어느 정도 꺾여 우리의 일상이 제자리를 찾아가던 무렵이었다. 새벽에 어머니가 호흡 곤란과 함께 극심한 팔다리 저림과 통증을 호소하셨다. 어머니와 나는 택시를 타고 응급실로 달려갔다. 당직 의사가 몇 가지 검사를 한 뒤 진단했다.

"코로나19 후유증으로 인한 급성 근육통입니다. 코로나를 앓고 나서 한동안 원인 모를 증상에 시달리는 분들이 더러 있습니다."

의사는 추가적인 검사를 위해 입원이 필요하다고 말했다. 의료진의 정확한 진단과 빠른 처치 덕분에 어머니는 며칠 후 안정을 찾았다. 퇴원 절차를 밟고 병원을 나서는 날, 어머니는 내 어깨에 손을 얹더니 행여 중심을 잃고 넘어지지 않을까 조심스레 걸음을 옮기며 입을 열었다.

"기주야, 실은 응급실로 향할 때만 해도 누가 바늘로 팔다리를 찌르는 것 같았어. 정말 죽을 만큼 아파서 살려달라고 소리칠 뻔했어. 다만 네가 너무 걱정할 것 같아서 이를 악물고 참았단다."

고통을 뜻하는 영어 단어 'pain'은 고대 프랑스어에 뿌리
를 두고 있는데, 지옥에 떨어진 영혼이 겪어야 하는 가혹
한 처벌 혹은 고통이라는 의미가 담겨 있다.
살면서 육체적으로 혹은 정서적으로 고통을 느끼지 않는
사람은 없다. 삶은 곧 고통이다.
살아가는 일은 고통이라는 이름의 터널을 저마다의 방식
으로 통과하는 과정일지도 모른다.

삶에서 비롯되는 고통은 자연스러운 것이지만, 모든 고
통을 우리가 자연스럽게 표현할 수 있는 건 아니다. 살다
보면 쉽게 꺼내놓을 수 없기에 마음의 안쪽에서 곪아가
는 아픔도 있기 마련이다.
부모라는 이유만으로 자신이 겪는 괴로움을 자식들 앞에
서 말하지 못하는 경우야말로 그렇다. 부모의 입 밖으로
터져 나오지 못하고 목구멍 근처에서 사그라지고 마는
침묵의 아우성, 그 너머엔 무엇이 있을까? 과연 자식들이
헤아릴 수 있을까?

어머니는 퇴원 후에도 미각의 둔화와 피로감을 호소하신
다. 그래서 일주일에 한 번씩 통원 치료를 받고 있다. 의
사는 현 상황에선 복합적 증상에 대한 제한적인 처치만
가능하다고 설명했다.

치료를 위해 어머니를 병원까지 모셔다드릴 때마다 귓가
에 맴도는 소리들이 있다.

응급실로 이동하면서 어머니가 통증을 참으며 내쉬던 거
친 숨소리, 그리고 그날 응급실에서 다른 환자와 보호자
들이 의료진의 손을 붙잡고 "제발 살려만 주세요"라고 통
절하게 내지르던 절박한 외침의 뒤섞임들을 난 자꾸만
떠올리게 된다.

그날 목격한 순간순간의 장면들은 점점 희미해지는 것
같은데, 그때 그곳에서 솟아나 내 귀로 날아든 소리들은
여전히 선명하다. 시각이 기억하지 못하는 걸 청각이 기
억하는 것일까.

누구나 있을 것이다. 기억과 한데 버무려진 탓에 세월이
흘러도 쉽게 지워지지 않는, 어쩌면 영원히 머물 수밖에
없는 공간과도 같은 소리가.

한평생 우린 그런 쓰라린 소리에 둘러싸인 채 살아가야 하는지도 모른다.

가장 소중한 사람이 내 곁에서 가장 극심한 고통에 허덕이는 순간 처절하게 부르짖던 소리에….

기분

얇은 종이처럼
찢어지기 쉬운 것

서울 마포구 공덕역 사거리에서 건널목을 건너는 중이었다. 맞은편에서 고개를 숙인 채 스마트폰을 보며 걸어오던 남자와 어깨가 닿았다. 난 가볍게 고개를 끄덕였으나, 그는 미간을 찌푸리며 날 올려다보더니 사냥감을 노리는 맹수처럼 휴대전화를 매섭게 바라보고는 걸음을 재촉했다.

대중교통이나 불특정 다수가 모이는 곳에서 실수로 타인과 몸이 닿는 순간 넌지시 미안함을 표현하는 사람이 있지만, 아무런 사과 없이 매섭게 쏘아보며 상대의 몸을 밀치고 지나가는 사람도 적지 않다.

잘못을 인정하지 않고 마치 기 싸움을 하듯이 고개를 치켜드는 사람과 거리에서 맞닥뜨리는 날엔 기분이 상할 수밖에 없다. 뭐랄까. 비 오는 날 출근길에 길을 걷다가 도로를 달리는 자동차로부터 느닷없이 흙탕물 세례를 받을 때의 기분이라고 할까.

아무튼 나는 고개를 절레절레 흔들며 건널목을 건너 '프린츠 커피'라는 곳에 도착했다.
그곳에서 구매한 빵과 캡슐 커피를 가방에 넣으려던 참이었다. 모녀 사이로 보이는 여성들이 말을 걸었다.
"저기요, 혹시?"
순간 짐작했다.
'으음, 평소 나는 방송 출연도 하지 않는데 어떻게 날 알아본 거지? 게다가 지금 난 마스크를 착용하고 있잖아! 열혈 독자이신가?'

메모지에 사인이라도 해줘야 할 듯싶어서 가방 속으로 손을 집어넣어 주섬주섬 펜을 찾았다. 그러나 우리말은 대화가 끝날 때까지 들어봐야 무슨 말인지 정확히 알 수

있는 법이다. 모녀는 내 쪽으로 성큼 다가와 휴대전화를
내밀었다.

"혹시, 사진 찍어주실 수 있으세요?"

일순, 난 아주 자연스럽게 가방에서 손을 떼며 휴대전화
를 건네받았다.

"아, 사진이요? 그럼요."

나는 다양한 구도로 10여 장의 사진을 찍어줬다. 환하게
웃으며 자세를 취하는 모녀의 모습이 보기 좋았다. 그래
서 카페를 나설 때 가방에 있던 《마음의 주인》에 사인을
해서 건넸다.

"제가 쓴 책인데 한 권 드릴게요."

"정말요? 잘 읽어볼게요. 고맙습니다."

모녀와 짧지만 따뜻한 대화를 나눈 뒤 약속 장소로 걸음
을 옮겼다. 덕분에 건널목에서 겪은 일로 구겨진 기분을,
마치 다리미질하듯 반듯하게 펼 수 있었다.

매 순간 우린 다른 기분으로 살아간다. 시시각각 변하는
인간의 기분은 얇은 창호지와 비슷하다. 타인이 더러운
말과 행동으로 찌르면 힘없이 찢어지고 만다.

기분을 회복하려면 혼자만의 시간이나 나 아닌 다른 존재의 다정함을 접착제 삼아 마음에 고르게 펴 바른 다음, 시간이라는 바람 속에서 천천히 말려야 한다.

기분이 부서지거나 조각나는 건 한순간이다. 하지만 원래 상태로 복원하기 위해선 생각보다 많은 시간이 필요하다.

불안

우린 미래를 알 수 없기 때문에

누구나 하루를 마무리하고 잠자리에 들기 전에 숙면을 취하고자 일종의 의식처럼 행하는 동작이나 행위가 있기 마련이다.

내 경우, 바뀌어 달라지지 아니하고 일정한 상태를 유지하는 느낌이라는 뜻의 '안정감'이란 단어를 떠올리면서 팔굽혀펴기를 한다. 정확한 자세와 일정한 속도로 팔을 굽히고 펴는 동작을 단순하게 되풀이하면서 호흡을 가다듬다 보면, 하루 동안 날 괴롭힌 불확실한 상황과 감정이 머리와 마음에서 빠져나가는 기분이 든다. 그러면 마음이 한결 편안해지고 잠을 청하기도 수월해진다.

인생은 살아 있는 동안 겪는 환생還生이다, 라는 말이 있듯이 인간의 삶은 세월이라는 물결에 떠내려가면서 그야말로 시시각각 변화한다.

인생의 여정에서 어떤 일이 어떻게 벌어질지 우린 감히 예측할 수 없다. 삶의 불확실성은 우리에게 항상 불안감을 안겨준다. 살아가는 일이 종종 두렵게 느껴지는 건 지극히 자연스러운 일이다

아버지를 먼저 하늘로 떠나보내고 홀로 어린 두 아들을 키우며 불확실한 미래를 헤쳐나가던 어머니는 이삼 년에 한 번씩 철학관을 방문했다.

어린 시절, 철학관이 어떤 곳인지 알 턱이 없는 나는 종종 그곳에 관해 물었다.

"엄마, 철학관은 어떤 곳이야?"

사주를 풀어서 길흉화복을 알려주는 곳이라고 어머니는 설명해주었다. 나는 재차 물었다.

"그래? 그런데 거길 왜 가는 거야?"

"응? 그런 거 자꾸 물어보지 마. 그냥 가는 거야, 그냥. 아무튼 집 잘 보고 있어. 잠깐 다녀올게!"

나는 세상에 그냥 하는 것이 어디 있냐고 또다시 질문했다. 어머니는 대답이 없었다.

세월이 흘러, 어느 정도 철이 들면서 세상 물정을 조금씩 알아갈 무렵이었다. 어머니와 함께 거실에서 TV를 보고 있었는데, 유명 연예인이 철학관을 방문해서 소위 재운을 묻는 장면이 흘러나왔다. 옆에 있던 어머니가 불쑥 입을 열었다.

"기주야, 예전에 내가 철학관에 왜 갔었는지 알아? 저곳에선 내가 듣고 싶은 말을 들려주곤 했어. 혼자서도 자식들을 잘 키워낼 수 있을 거라고, 두 형제의 인생이 잘 풀릴 거라고 이야기해줬어. 나는 너희를 키우면서 그런 말이 정말 듣고 싶었단다."

"…"

난 아무 대꾸를 하지 않고 어머니의 눈을 말똥말똥 쳐다보았다. 어머니가 들려준 이야기를 완벽히 알아듣진 못했지만, 어머니의 눈빛과 목소리를 통해 어떤 말을 하고자 하시는지 어렴풋하게나마 이해할 수 있었다.

나는 연방 눈을 끔벅대며 생각했다. 어머니가 그곳에 지급한 돈은 어쩌면 어머니의 두려움을 해소하는 데 들어간 비용일지도 모른다고.

우린 정체를 알 수 없거나 자기보다 압도적인 것과 마주
하는 순간 두려움을 느끼곤 한다. 낯설고 거대한 대상 앞
에서 불안한 마음을 품지 않는 사람은 없다. 그런 사람은
죽은 사람뿐이다.

불안의 농도를 묽게 만들기 위해 우린 다양한 방법을 동
원한다. 어떤 이는 불확실한 존재의 실체를 정확히 파악
하기 위해 위험을 무릅쓰고 가까이 다가간다. 그리고 어
떤 이는 불안으로 물든 마음에, 타인에게서 건네받은 위
로와 응원을 한가득 쏟아붓는다. 후자의 경우 누군가가
건네주는 따뜻한 말 한마디를 버팀목 삼아 힘든 시기를
버티곤 하지만, 그런 말을 끝내 듣지 못하면 낙담과 실의
의 나날을 보내기도 한다.

사람은 누구나 타인에게서 듣고 싶은 말이 있다.

그 말이 귀로 흘러 들어오면 마음을 어지럽히는 두려움
의 농도를 묽게 만들거나 아예 밖으로 내쫓을 수 있다.
듣고자 하는 말을 귀로 끌어들이는 방법과 수단이 저마
다 다를 뿐이다.

탈출

어쩌면
가장 강력한 삶의 동력

탈출은 어떤 상황이나 공간에서 빠져나오는 일이다. 탈출은 인간만 하는 게 아니다. 식물도 주변 식물보다 더 많은 빛을 쬐려는 목적으로 소위 '그늘 탈출'을 시도한다. 그늘이 드리워진 곳을 벗어나 빛이 있는 곳으로 줄기를 뒤틀며 나아가는 것이다.

빛을 향해 구부러져 자라는 식물의 습성은 사람이 살아가는 방식과도 무척 닮았다. 우린 가슴에 품고 있는 꿈과 이상이 존재하는 방향으로 몸과 마음을 틈틈이 돌리거나 비틀며 살아간다. 그것이 나와 아무리 멀리 떨어져 있더라도 말이다.

식물 이야기를 꺼낸 건 최근 사석에서 받은 질문이 떠올 랐기 때문이다. 지인들과의 저녁 식사 자리에서 내 책을 읽었다는 독자를 만났다. 그녀는 물었다.

"작가님 책을 다 읽었습니다. 정말 궁금한 게 있는데요, 어떤 계기로 전업 작가의 길을 걷게 되셨나요?"

난 뒷머리를 긁적이며 웃어 보였다.

"글쎄요. 대단한 계기가 있었던 건 아닙니다. 뭐랄까. 남을 위해 글을 쓰는 삶에서 나를 위해 글을 쓰는 삶 쪽으로 운 좋게 넘어온 것 같아요. 세월의 물결을 따라 자연스럽게 흘러왔다고도 볼 수 있겠네요."

이렇게 답했더니 그녀는 보충 설명을 해달라는 표정을 지으며 눈을 껌뻑거렸다.

"네? 흘러왔다고요? 그게 다인가요?"

솔직히 난 이런 반응을 접할 때마다 "그렇습니다, 그게 다입니다"라고 답하며 대화를 매듭짓고 싶다. 별도로 덧붙일 말이 없기 때문이다. 일본의 소설가 무라카미 하루키는 어느 날 야구 경기를 관람하다가 불현듯 책을 쓰기로 마음을 먹었다고 하는데, 내겐 작가의 길로 접어들게 된 그럴싸한 동기 같은 것이 없다.

그래도 굳이 한 가지 배경을 꼽으라고 한다면, 그때만 해도 회사를 그만두는 게 지상 과제였다고 말하고 싶다. 직장 생활을 할 때 회식 자리에서 상급자가 주는 폭탄주가 호환 마마보다 싫었고, 업무를 위해 나와 너무 다른 성향의 사람과 관계를 맺어야 하는 데서 오는 스트레스가 이만저만이 아니었다.

나는 본능적으로 그곳을 빠져나와야 한다고 느꼈다.

'회사를 그만두고 내가 원하는 일을 꾸준히 하면서 살 순 없을까? 방법이 없을까?'

다만 이러한 생각을 현실로 옮기기 위해 따로 계획을 수립하지는 않았다. 어차피 앞날을 치밀하게 준비한다고 해서 원하는 목표를 쉽게 달성할 수 있는 시대가 아니지 않나.

난 그저 '마음에 들지 않는 업무와 상황'으로부터 자유로워지는 데 도움이 되는 일이라고 판단되면 좌고우면하지 않고 그때그때 실행에 옮겼다. 지금 생각해보면 쓸데없는 행동도 많았던 것 같은데, 어찌 됐든 그런 시도가 쌓이고 쌓여 하나의 물결을 이루었고, 어느새 내가 그 위에 올라타 있음을 느낄 수 있었다.

물론 나는 운이 좋았다. 만약 운이 없었다면 내가 물결이라고 칭한 새로운 삶의 흐름이 눈앞에 펼쳐지지 않았을 테고, 내가 거기에 올라타지도 못했을 것이며, 당연히 전업 작가의 길을 걷지도 못했으리라.

요즘도 원고를 쓰기 위해 노트북을 켜고 거뭇한 키보드에 손을 얹으면, 회사에서 탈출하기로 처음 결심한 날의 기억이 새록새록 떠오른다.

이제 와서 돌이켜보면 그때 내가 그런 마음을 먹을 수 있었던 건 작가가 되겠다는 포부가 확고했기 때문이라기보다 회사에서 탈출하고야 말겠다는 욕망이 너무나 강렬했기 때문인 것 같다. 무언가를 향해 다가가려는 마음이 아니라 무언가에서 벗어나려는 마음 덕분에 낯선 길로 접어들었다고 할까.

누구나 그렇듯, 살다 보면 좋아하는 것 앞에서 느끼는 감정보다 싫어하는 것을 앞에 두고 느끼는 감정이 훨씬 환하고 선명하게 다가올 때가 있기 마련이다. 난 후자의 감정을 따라 여기까지 왔다.

지금도 나는 마음속에서 이런 '탈출 욕구', 그러니까 어딘가에서 벗어나고자 하는 욕망이 꿈틀대면 억누르지 않고 내 안에서 자연스럽게 흐르도록 내버려둔다.

언젠가 그 감정이 나를 낯선 세계로 데려다줄 수도 있다고 여기기 때문이다. 그럼 감정을 품지 않고선 감히 다다를 수 없는 미지의 세계로 ….

놀이

휘청이는 마음을 다잡는 시간

TV 예능 프로그램에서 연예인들이 임종 체험을 하는 장면을 시청한 적이 있다.

감히 죽음을 체험한다고? 오만한 시도가 아닐까, 하는 생각도 들었지만 출연자들의 태도가 사뭇 진지해 보였기에 난 채널을 돌리지 않고 한참 들여다보았다.

그들은 수의를 입고 차례차례 관으로 들어갔다. 뒤통수가 바닥에 닿자 밖에 있던 이들이 관을 닫았다. 관 속에서 일정한 시간을 머문 출연자들은 가족과 친구의 얼굴이 떠올라 눈물이 쏟아졌다고 말했다.

출연자들은 입관하기 전에 묘비명을 작성했다. 한 출연자는 '좋아, 가는 거야!'라고 적어 웃음을 자아냈지만, 대부분은 자신의 묘비에 어떤 문장을 남겨야 할지 진지하게 고민하는 것처럼 보였다.

"불과 몇 단어의 조합으로 한 사람의 인생을 규정하는 게 가능한 일이야?"라고 말하는 듯한 그들의 표정을 보며 나는 잠시 생각에 잠겼다.

'훗날 내가 죽으면 내 무덤에 찾아온 이들은 어떤 글귀를 응시하며 날 추억하게 될까?'

과거에는 묘지에 적힌 문장이 죽은 자와 산 자를 연결했다면, 요즘에는 인터넷 공간에 떠다니는 부고 기사가 비슷한 역할을 한다. 부고야말로 '온라인 묘지명墓誌銘'이다. 사람들은 개인의 생애가 응축돼 새겨지는 부고를 응시함으로써 죽은 자를 추모한다.

나는 신문이나 언론사 웹사이트에서 부고 기사를 발견하면 잠깐이라도 들여다본다. 짧고 건조한 문장으로 고인이 어떤 일을 했는지를 알려주는 경우가 대부분인데, 그의 밥벌이 수단이 수십 년간 가족의 생계를 떠받치는 버팀목 역할을 했을지도 모른다는 생각이 들어서, 기사 한 줄도 허투루 읽지 않는다.

만약 내가 저승의 입구를 지키는 문지기라면 망인의 등을 토닥이며 "먼길 오시느라 노고가 참 많으셨어요"라고까지 말해주고 싶다고 할까.

국내 언론사에서 싣는 부고 기사가 비교적 무미건조하고 천편일률적인 데 비해 영미권의 경우는 고인의 삶을 훨씬 다양한 시각으로 조명한다.

몇 해 전, 미국의 한 교수가 자국 내 언론사의 부고 기사를 분석했다. 흥미로운 결과가 나왔다. 단순히 망자의 직업과 사회적 지위를 알려주는 경우보다, 그가 생전에 탐닉했던 취미나 쉴 때 즐겼던 놀이를 언급한 사례가 훨씬 많았다고 한다.

예를 들면,

  _주말마다 친구들을 농구장으로 불러냈던 데이비드,
  이젠 천국에서 호쾌한 덩크슛을 터뜨리기를!

_초등학생 때부터 틈틈이 그림을 그리며 화가의 꿈을
버리지 않았던 엘리자베스는 아마 하늘나라에서도
캔버스를 들여다보고 있겠지?

같은 식으로 말이다.

일찍이 역사학자 요한 하위징아는 인류 문화의 기원을
놀이에서 찾았다. 문화에서 놀이가 나온 게 아니라 놀이
가 문화를 낳았다는 주장이다.

그의 말에 따르면, 놀이에 빠져드는 것이야말로 인간 본
연의 특성이다. 옳다. 모든 인간에겐 '놀이 본능'이 있다.
누구나 밥 먹는 시간도 놓칠 만큼 몰입하는 놀이가 있기
마련이다. 생존을 위한 것이 아니라 오로지 유희를 위해
아이 같은 마음으로 즐기는 소박한 행위나 활동 말이다.
잘해야 한다는 강박에서 벗어나 아무 목적성 없이 즐기
는 유희적 활동의 효용은 상당하다. 우린 스트레스를 받
거나 평소보다 신경 써야 하는 것이 있을 때 일이 아니라
놀이에 기댄다. 휘청거리는 마음을 다잡는 데 도움이 되
기 때문이다.

달리 말해, 놀이에 탐닉하는 시간이 현대인의 지친 영혼
에 숨결을 불어넣어 준다고 할까.

이쯤에서 상상해보자. 어느 날 갑자기 당신이 유명을 달
리해서 부고 기사가 신문에 나게 된다면, 남겨진 사람들
은 어떤 문장으로 당신의 죽음을 세상에 알릴까? 남아
있는 이들에게 당신은 어떤 사람으로 기억될까?
어쩌면 당신이 퇴근 후 여가 시간을 어떻게 보내느냐에
따라, 어떤 놀이와 취미에서 재미와 의미를 찾으며 살아
가느냐에 따라 기사의 내용이 달라질지도 모른다. 비록
그것이 이력서나 자기소개서에 적혀 있는 판에 박힌 놀
이라 할지라도 말이다.

⬜⬜

구현

스스로 삶을 살피고 가꾸는 일

옛날 옛적 어느 나라에 노쇠한 왕이 살았다. 그의 왕국은 주변국과 끊임없이 전쟁을 치르며 영토를 확장했다. 왕의 생애는 피로 물들어 있었다. 평생 전장을 누빈 왕에게도 걱정거리가 있었으니, 죽기 전에 세 아들 중 누구에게 왕위를 물려주느냐 하는 문제였다. 어느 날 왕은 세 아들을 불러 모았다.

"이건 내가 어렵게 구해온 희귀 식물의 씨앗이다. 이걸 너희에게 주겠다. 일 년간 이 씨앗을 가장 의미 있게 사용한 왕자가 앞으로 이 나라를 통치하게 될 것이다. 이제 너희 머릿속에 있는 생각을 현실로 구현하길 바란다."

정확히 일 년이 지난 뒤 왕과 세 왕자는 한자리에 모였다. 첫째 아들은 금은보화를 가득 실은 수레를 끌고 왔다. 둘째 아들은 무쇠로 만든 금고를 들고 왔다. 셋째 아들은 아무것도 가져오지 않았다.

첫째가 자신감이 배어 있는 목소리로 그간의 경위에 대해 설명했다.

"전 아버지께서 주신 씨앗을 밑천 삼아 무역업에 뛰어들었습니다. 이웃 나라 장사꾼들과 흥정을 거듭하면서 차츰 부를 축적했습니다. 앞으로 제가 이 나라의 번영과 풍요를 위해 신명을 바치겠습니다."

맏아들의 위풍당당한 표정과는 달리 왕의 얼굴은 그리 밝아 보이지 않았다.

"알았다. 수고했다."

순간 날카로운 눈빛을 지닌 둘째가 신하들과 함께 금고를 들어 보이며 말했다.

"저는 아버지가 주신 씨앗에 아무도 손대지 못하도록 무쇠로 만든 금고에 보관했습니다. 정말 보배로운 물건은 함부로 사용하지 않고 소중히 간직해야 하니까요. 마찬가지로, 전 이 왕국과 백성을 굳건히 수호하고자 합니다."

"너도 수고가 많았다. 네 마음을 충분히 알겠다. 그런데 막내는 왜 아무것도 가져오지 않았느냐?"

셋째 왕자가 조심스레 입을 열었다.

"아버지, 제가 가꾼 것은 가져올 수가 없었습니다."

"그래? 넌 그동안 무엇을 가꾸었느냐?"

"전 진귀한 씨앗이 어떤 꽃으로 피어날지 궁금했습니다. 그래서 볕이 잘 드는 땅에 씨앗을 심었습니다. 물을 주고 기다렸습니다. 며칠 뒤 싹이 올라왔고, 마침내 꽃으로 피어나는 모습을 지켜봤습니다. 매일 새싹 곁으로 다가가 잘 자라는지 눈과 마음으로 확인하다 보니 식물을 재배하는 데 필요한 지식을 쌓을 수 있었습니다. 그리하여 다른 식물도 여럿 키우게 됐고, 결국 맨 처음 씨앗을 심은 장소를 확장해 정원으로 조성하게 됐습니다. 지금은 많은 백성이 그곳에서 시간을 보냅니다. 꽃에 물을 주고 보살피는 마음으로 왕조를 가꾸겠습니다. 제 꿈을 현실로 구현하겠습니다."

왕은 엷은 미소를 지으며 고개를 끄덕였다.

그는 막내아들이 외세로부터 나라를 지키고

나아가 백성을 행복하게 해줄 적임자라고 여겼다.

몇 달 뒤 왕은 가족들 곁에서 편안히 눈을 감았다.

화장된 왕의 시신은 아름다운 정원 근처에 뿌려졌다.

02

살아가는 일 자체가 난해하게 꼬여 있듯이 말이다.

다양한 감정들의 단면이 드러나지 않을까 싶다.

마음에서 솟아나는 감정을 칼로 자르면,

하나의 면으로만
이루어진 것은 없다

시간

세월의 바람

어머니는 십 년 넘게 이석증을 앓고 있다. 요즘도 가끔 주변이 빙글빙글 도는 것 같다며 어지럼 증세를 토로하신다. 의료 기관에서 치료를 받으면 상태가 호전되곤 하지만, 질환 자체는 뿌리 뽑히지 않아서 늘 주의를 기울여야 한다.

얼마 전 어머니가 이석증으로 쓰러지셨다. 어머니와 나는 구급차를 타고 병원 응급실로 향했다. 빨리 병원에 도

착해야 한다는 조바심 때문인지 실제론 속도를 높여 도
로를 내달리는 구급차가 달팽이처럼 더디게 이동하는 것
처럼 느껴졌다.

일반적으로 병이 위중하여 생명이 경각에 달린 사람의
생과 사를 좌우하는 변수 중 가장 영향력이 큰 요소는 시
간이다. 환자의 생명을 구하는 것은 본질적으로 시간을
단축하는 일이다.

따라서 구급 대원은 아픈 사람을 빠르게 병원으로 이송

하기 위해 필사적으로 노력한다. 그들은 환자의 시간에 적극적으로 개입해 삶의 물꼬를 튼다. 환자의 시간이 막다른 길로 흐르지 않도록 애쓴다.

이날 구급 대원과 병원 의료진의 대처 덕분에 어머니는 빠르게 안정을 찾았다. 의사의 권유에 따라 어머니는 다음 날 오후에 퇴원했다. 그는 당부했다.

"이석증 환자는 제때 치료를 받는 것도 중요하지만 평소 식단 관리에도 신경을 써야 합니다. 특히 짠 음식은 당분간 먹지 마세요."

퇴원 절차를 마치고 우린 1층에 있는 카페로 이동했다. 음료를 주문하면서 어머니를 슬쩍 쳐다봤다. 평소보다 구부정한 자세가 어딘지 애달팠다.

순간 어머니가 앉아 있는 자리 벽면에 단출하게 적혀 있는 문장이 눈에 들어왔다. 내가 아픈 어머니를 바라보며 수없이 떠올렸던 문장을 누군가가 날 대신해 간명하게 정리해놓은 게 아닐까, 하는 생각이 들 정도로 내 눈길을 잡아당겼다.

'당신이 누군가를 필요로 할 때 내가 당신 곁에 있겠다고
약속할게요.'
이 문장은 내 머릿속에서 다음과 같이 수정됐다.
'어머니가 누군가를 필요로 할 때 내가 어머니를 위해 시
간을 건네줄게요.'

살아가는 일은 시간과 공간과 사람을 스쳐 지나가는 일
의 총합일지도 모른다.
누군가의 곁에 머물기 위해선 그 사람과 내가 동일한 시
간과 공간 속에 함께 존재하는 경우를 의도적으로 만들
어야 한다. 즉, 타인과 시간을 공유해야 한다.
다만 현대인은 분주하다. 아침에 일어나 잠자리에 들 때
까지 시간에 쫓기며 바쁘다는 말을 입에 달고 산다. 스스
로 '시간 빈곤층 time poor'을 자처하며 주어진 시간을 어떻
게 사용할지를 두고 늘 고민한다.
때론 시간의 무게를 측정하기도 한다. 밖에서 보내는 시
간은 무겁다고 여기고, 가까운 사람이나 가족과의 시간
은 가볍다고 여긴다. 사실은 그 반대일 수도 있는데 말이
다. 하지만 제아무리 우리가 시간을 귀하게 사용할지라

도 시간과 인간과의 관계는 역전되지 않는다.

시간은 결코 인간에게 끌려다니는 법이 없다.
시간은 인간이 닿을 수 없는 높은 위치에서
우리를 근엄하게 내려다보며 흘러갈 뿐이다.

인간은 시간의 보폭을 따라잡을 수 없다.
우리는 모두 때가 되면 세월의 바람에 으깨어져
시간의 바깥쪽으로 내쫓김을 당하고 만다.
그렇게 언젠가는 아무것도 아닌 것이 되고 만다.

우리가 쫓겨날 걱정을 하지 않아도 되는 유일한 시간은,
사랑하는 사람과 함께 보내는 시간뿐이다. 그 안온한 시
간 속으로 들어가야 불안과 초조에서 벗어나 안정감을
느끼며 삶의 허무를 가라앉힐 수 있다.
소중한 사람들과 공유하는 시간 속에선 흔히 말하는 추
억이 생겨난다. 추억에는 그것이 생겨날 당시의 온기가
묻어 있다. 그래서 세상 풍파에 얼어붙은 마음을 녹이는
힘이 있다.

사람들이 바쁜 와중에도 각자의 일상을 사진이나 영상으로 기록하는 이유도, 단순히 과거를 돌아보기 위해서가 아니라 언젠가 그 순간을 다시 꺼내 현재의 상처와 아픔을 어루만지기 위해서가 아닐까 싶다.

복잡

난 해 하 게 얽 혀 있 는 것 들

"난 병원 수술실 앞에서 오랜 시간을 서성이며 세월을
건너왔다. 어머니는 수술을 받을 때마다 '기주야, 난 너
같은 아들 만나서 좋았어…'라는 문장을 들려주셨다."

_《마음의 주인》 중에서

어머니는 여러 질환을 앓고 있어서 입원을 자주 하는 편
인데, 그때마다 난 간병인을 따로 구하기보다 될 수 있으
면 직접 병구완을 한다.

간병은 그리 간단한 일이 아니다. '돌봄'과 '간호'의 의미

를 지닌 영어 단어 'care'는 고대 게르만어에서 갈라져 나온 것으로 추정되는데, 여기엔 '마음의 부담'이라는 의미가 녹아 있다.

간병인이 감내해야 하는 부담과 스트레스는 실로 엄청나다. 병상에 누워 있는 환자를 오랜 기간 돌본 사람의 심신이 지쳐 도리어 병을 얻는 경우도 허다하다.

혹자는 말한다. 어쩌면 간병은 환자든 보호자든 둘 중 한 명이 생을 마감해야 끝나는 전쟁인지도 모른다고.

몇 달 전의 일이다. 경기도 고양시에 있는 국립암센터에서 어머니가 종양 제거 수술을 받았다. 병원에서 수술이 필요하다는 진단을 받았을 때는 '이번에도 어떻게 되겠지' 하고 덤덤한 척했으나 병원에 머무는 시간이 길어질수록 심신이 조금씩 지쳐갔다.

수술 결과를 기다리며 병실 근처를 서성일 땐 나도 모르게 시름과 미안함이 뒤섞인 한숨을 땅이 꺼질 듯이 내뱉었다.

젊은 시절 두 아들을 홀로 키우느라 정작 당신의 몸을 돌보지 못한 탓에 나이가 들수록 이런저런 병을 달고 사시는 게 아닐까, 하는 생각에 자식 된 입장에서 괜스레 미안한 마음이 들었다.

그치지 않는 비가 없듯이 사라지지 않는 감정은 없는 법. 어머니의 수술이 잘 마무리되자, 마음을 뒤덮고 있던 미안함이 걷히기 시작했다.

미안한 감정이 흩어져 사라진 자리에 급한 불을 껐다는 안도감과 함께 묘한 행복감이 차올랐다.

퇴원 절차를 밟기 위해 수납처에서 병원비를 결제할 때도 마찬가지였다. 휴대전화에서 카드 승인을 알리는 "딩동" 소리가 울리자, 가슴 한쪽에 희미한 불이 들어오는 것 같았다. 마음이 환해지는 기분이었다. 내가 어머니를 여러모로 보살필 수 있다는 사실에 새삼 뿌듯함과 감사함을 느꼈다.

어머니가 입원한 날부터 병원을 나설 때까지 내 마음의 상태는 변덕스러운 날씨처럼 종잡을 수 없었다.

더 정확히 말하자면, 고마움과 미안함이라는 어울리지 않는 두 감정이 한데 포개져 그야말로 복합적인 감정에 휩싸였다고 할까.

어쩌면 살면서 우리가 느끼는 모든 감정이 그러할지도 모른다. 예컨대 사랑하던 연인과 헤어진 사람은 대개 그리움과 미움이 혼재된 감정에 사로잡히곤 한다. 또한 오랫동안 몸담았던 직장을 스스로 그만두고 다른 곳으로 이직을 앞둔 사람은 후련함과 섭섭함이 버무려진 묘한 감정을 안고 마지막 출근을 하기 마련이다.

아마 우리 마음에서 솟아나는 감정을 칼로 자르면, 시루떡을 반으로 자른 모양처럼 다양한 감정들의 단면이 다층적으로 드러나지 않을까 싶다.

살아가는 일 자체가 난해하게 꼬여 있듯이 말이다.

한계

오 를 수 없 는 나 무

영화 〈마틴 에덴〉은 미국 작가 잭 런던의 동명 소설을 스크린에 옮긴 작품이다. 이탈리아 나폴리에서 선박 노동자로 일하는 마틴 에덴루카 마리넬리은 어느 날 부둣가에서 부랑자에게 구타당하던 상류층 소년을 구해준다. 소년의 집에 초대받은 마틴은 그의 누나 엘레나제시카 크레시를 보고 환희로운 경이감을 느낀다. 은근하면서도 고혹적인 그녀의 미소가 마틴의 마음을 흔들어놓았기 때문이다.

마틴은 엘레나처럼 교양 있는 사람이 되고 싶은 마음에 닥치는 대로 책을 읽고 부지런히 글을 쓴다. 그러면서 자연스레 작가의 꿈을 키운다.

좋아하는 감정이 있다는 확신과 의심 사이에서 투쟁하며 미묘한 줄다리기를 이어가던 마틴과 엘레나는 이내 사랑에 빠진다.

하지만 살아온 환경이 너무 다른 탓에 각자의 마음속에 숨겨져 있는 상처를 들여다보지 못하고 서로를 이해하는 데도 애를 먹는다.

둘 사이의 삐걱거림은 주변 사람의 눈과 귀에도 들어간다. 결국 모두가 쉬쉬하던 일이 표면화된다. 엘레나의 가족은 마틴의 직업과 처지를 못마땅히 여기고, 마틴의 친지들도 두 사람의 신분 차이는 사랑만으로 극복하기 어렵다는 말을 그의 면전에서 늘어놓는다.

마틴은 깨닫는다.
누군가를 사랑한다고 해서
사랑이라는 감정이 반드시 나를
행복하게 해주는 건 아니라는 것을.
다들 사랑과 행복의 격차를 극복하고자
사랑하는 사람을 향해 다가가고자
허덕거리며 살아간다는 것을….

주위를 둘러보면 영화 속 마틴과 엘레나의 가족들처럼
에둘러 말하지 않고 늘 솔직하게 이야기하는 사람들이
있다. "네가 고집을 피워도 안 되는 건 안 되는 거야", "오
를 수 없는 나무는 쳐다보지도 마!"라며 직설적으로 말해
야 직성이 풀리는 사람들 말이다.

그들은 완곡한 표현을 경계한다. 듣는 이의 기분을 고려
해 뾰족한 단어를 덜어낸 완곡어법이 사안의 본질을 흐
린다는 이유에서다.

직설적인 어투로 말하는 이들과 대화를 나눌 땐 혼선이

빚어지지 않는다. 말 자체가 모호하지 않고 분명하기 때문이다.

단, 그들이 지극히 현실적인 조언을 건넬 땐 이야기가 달라진다. 그들의 입에서 명령조의 조언이 뿜어져 나오는 순간 당혹감을 느끼게 된다.

냉정하고 단정적인 말투를 순순히 받아들이는 사람도 있겠지만 솔직히 난 그렇지 못한 편이다.

대학 신입생 때로 기억한다. 동아리 선배와 진로에 관한 이야기를 나누면서 훗날 글을 쓰며 살고 싶다고 말했다. 그러자 당시 언론사 입사를 준비하던 그 선배가 직설적인 표현으로 내게 핀잔을 주었다.

"뭐? 글쟁이가 되고 싶어? 그럴 만한 역량이 있다고 생각하니? 참, 한 달에 책은 몇 권이나 읽어? 제발 주제 파악 좀 해라."

그때 나는 너무 당황스러워서 입을 꼭 닫아 물고 별다른 대꾸를 하지 못했지만, 괜한 반항심에 눈을 치뜨며 얼굴을 붉혔던 것 같다.

"선배가 뭔데 내 한계를 설정하려는 거죠?"라는 말이 목구멍에서 부글부글 들끓었다.

사회생활을 하면서 '한계'와 '불가능' 같은 단어에 대한 입장이 사뭇 달라졌다. 누가 봐도 불가능한 일을 끝까지 붙잡고 있다가 충분히 잘 해낼 수 있는 일마저 소홀히 다루는 경우가 더러 있었다.

그때마다 생각했다. 때론 아무리 애써도 안 되는 상황임을 받아들이고 한계를 인정하는 것이야말로 삶을 유연하게 이어나가는 방법이 아닐까 하고.

사람은 누구나 오를 수 없는 나무 하나쯤 마음속에 품고 있기 마련이다.

다만 닿을 수 없다고 해서 신기루처럼 공허하거나 의미가 없는 것은 아니다. 우린 끝까지 가보지 못한 곳, 완전히 달성하지 못한 목표를 평생에 걸쳐 떠올리며 살아간다. 일이 그렇고 꿈이 그렇고 심지어 사랑이 그렇다. 완전히 이뤄진 것이 아니라 채 이뤄지지 않은 것이 '기억의 뼈대'가 된다.

때로 우린 오르지 못하는 나무에 가까이 다가가고 싶은 나머지 삶의 여정을 떠나기도 한다.

도중에 숨이 가쁘면 잠시 멈춰 서서 나무가 꼿꼿하게 자리를 지키고 있는 모습을 바라보며 불어오는 미풍에 땀을 식힌다. 그렇게 먼발치에서 나무를 응시하면서 세월을 견디고 계절을 건너간다. 누구나 그렇다.

그런 나무가 마음속에 자라고 있다면 가히 살아갈 힘을 주는 나무라 부를 수 있지 않을까.

끝내 오를 수 없다고 해도, 미래의 어느 시점에 먼 풍경처럼 묘연히 내게서 멀어진다고 해도 말이다.

생각

마음이라는 밭에서 자라는 것

'오늘은 아침부터 왜 이리 골치가 아프지? 쓸데없는 생각이 너무 많아지는 것 같아'라는 잡념에 사로잡혀 하루를 시작하게 될 때가 있다. 그런 날이면 나는 만사 제쳐놓고 노트북을 켠다. 생각을 분출하지 않고선 견딜 수가 없기 때문이다.

의자에 궁둥이를 붙이고 앉아 무작정 노트북을 두드리면 손가락 끝과 키보드의 표면이 닿을 때마다 묘한 리듬과 함께 "타닥타닥!" 소리가 솟아난다.

이때 돋아나는 리듬은 바다에서 돛단배를 밀어주는 바람과 비슷하다.

나는 이 리듬감을 동력 삼아 순풍에 돛단배처럼 컴퓨터 화면을 가로질러 '사유의 망망대해'로 미끄러져 나아간다. 그야말로 무아지경에 빠진 채로….

초고는 아무 생각 없이 마음 가는 대로 쓴다. 생각은 나중에 한다. 머리와 마음에 빼곡히 들어차 있는 것들을 밖으로 드러내는 게 급선무다. 물론 타인이 쉽게 이해할 수 있는 문장의 형태로 말이다.

'내가 써 내려가는 문장을 누군가가 읽고 밑줄을 그을까?', '지금 쓰는 글을 훗날 책으로 엮어서 출판할 수 있을까?' 따위의 질문은 품지 않는다. 질문을 떠올리지 않으므로 답을 구하기 위해 애쓰지 않는다. 너무 복잡스러운 생각이나 고민도 하지 않는다.

글쓰기의 리듬이 깨지기 때문이다.

우리가 하는 모든 생각이 삶에 보탬이 되는 것은 아니라고, 나는 여긴다.

과도한 생각은 우리의 의도와 달리 때론 부정적인 쪽으로 뻗어나가기 마련이다. 그런 생각은 이내 고민이라는 먼지가 되어 마음을 뿌옇게 만든다.

과도한 생각과 고민에 사로잡히면, 바꿀 수 없는 걸 바꾸려 들고 바뀌어야만 하는 걸 자꾸만 유지하려고 고집을 부리게 된다. 한마디로, 번뇌가 시작된다.

번뇌는 흔들의자와 같다. 우리를 끊임없이 흔들 뿐 다른 곳으로 데려다주지 않는다.

그렇다면 '잡념의 노예'로 전락하지 않으려면 어떻게 해야 할까? 골방에 틀어박혀 가부좌를 틀고 쓸데없는 생각을 떨쳐내겠다고 마음을 먹으면, 머릿속에서 잡생각을 몰아내고 온전히 스스로에게 집중할 수 있을까?

생각을 뜻하는 한자 사思는 밭 전田과 마음 심心으로 이루어져 있다. 마음이라는 밭에서 생각이 농작물처럼 자라는지도 모를 일이다.

따라서 생각이 태어나는 터전에 해당하는 마음을 평온하게 만들어야 머릿속에서 잡스러운 생각을 덜어낼 수 있을지도 모른다. 하지만 마음은 손을 뻗어 만지고 싶다고 해서 만질 수 있는 게 아니다. 마음은 마음만으로 움직여지지 않는다.

마음을 직접 관리하는 것은 어려운 일이기에 나는 몸을 통해 마음을 쓰다듬곤 한다.

걱정과 생각이 너무 많아지는 날이면 방에 가만히 머물지 않는다. 가방을 챙겨서 무조건 밖으로 나간다. 산책을 하거나 차를 몰거나 운동을 하거나 서점을 방문하면서 다양한 방식으로 몸을 움직인다. 그러면 불안과 걱정으로 꽉 차 있던 마음에 어느새 여백이 생겨나는 느낌이 든다.

몸이 마음과 연결되어 있다고는 단언할 순 없지만, 적절한 신체 활동이 마음의 상태를 개선하는 데 도움이 된다는 것만큼은 자신 있게 이야기할 수 있다.

마음이라는 웅덩이에 쓸데없는 생각과 걱정이 고여 있는 것 같다면 주저하지 말고 과감히 몸을 움직이길 권한다. 지나친 생각이 당신의 용기를 삼키려 하는 날이라면 더욱더!

울음

감정의 범람

단순한 질문이다. 울음과 웃음 중 어느 쪽이 우리 마음에서 더 오래 살아남을까? 내 생각엔 웃음보다 울음이 마음의 표면에 더 오래 흡착되지 않나 싶다.

무릇 웃음은 폭발한다. 우린 기쁨을 느끼거나 우스갯소리를 들으면 곧장 웃음을 터뜨린다. 입술을 비집고 세차게 터져 나온 웃음은 그 추진력에 의해 빠르게 허공으로 날아간다. 그리고 이내 증발한다. 아무리 커다란 웃음도 마음속에 축적되진 않는다.

울음은 하강한다. 우린 감당할 수 없는 감정을 느끼는 순간 몸을 웅크린 채 눈물을 뚝뚝 떨어뜨린다. 울음은 웃음과 달리 마음의 안쪽에 켜켜이 쌓이기도 한다. 누구나 울고 싶어도 마음대로 울지 못하고 속으로 꾹꾹 삭여야 하는 순간이 있는 법이다.

억지로 삼킨 눈물은 가슴을 타고 내려와 마음의 밑바닥에 흥건하게 고이기 마련인데, 이 울음의 웅덩이는 때때로 범람한다. 마음의 바깥 세계로 눈물을 내보내야, 새로운 눈물을 저장할 수 있기 때문이다.

눈물이 넘쳐흐르는 날이면 우린 떼굴떼굴 바닥을 뒹굴며 비명을 지른다. 마치 어머니 자궁에서 세상으로 갓 나온 아기처럼 온 힘을 다해서 운다. 그렇게 하지 않으면 가슴에 쌓여 있는 설움과 슬픔을 밖으로 배출할 수 없기 때문이다.

그러니 우린 종종 어깨가 들썩거릴 정도로 울음을 토해야 한다. 눈물을 비워낼 때 생기는 힘으로 현실의 무게와 세월의 장막을 뚫고 미래로 나아가려면 우린 그래야 한다.

지탱

익숙한 것의 소중함

새로운 무언가가 일상을 덮쳐 흙처럼 쌓이는 날이 있고, 익숙한 것이 사정없이 깎여나가는 날도 있다. 낯선 것의 퇴적과 익숙한 것의 침식은 삶을 관통하는 보편의 원리다. 새로운 것과 친숙한 것 모두 삶에 보탬이 될 수 있지만 일상을 떠받치는 건 후자가 아닌가 싶다. 낯선 것은 우릴 설레게 만들지만, 눈에 익거나 친숙하지 않은 탓에 마음을 편안히 기댈 순 없다. 삶의 무게에 무너졌다가 다시 일어나는 날, 마음을 지탱해주는 건 우리 곁에 있는 익숙한 것들이다.

대조

다르기 때문에 더 선명한 것들

미래에 자신이 무엇을 해야 하는지 명확하게 알고 있는 사람은 드물다. 그걸 아는 사람은 운이 좋은 자다. 안개 같은 삶의 불확실성을 걷어내고 안정감을 느끼며 현재를 오롯이 즐길 수 있으니 말이다.

막연한 미래에 대한 두려움에 휩싸이거나 앞으로 뭘 해야 할지 확신이 서지 않을 때면, 나는 이면지를 꺼내 '하고 싶은 것'의 목록을 적는다.

이때 하고 싶은 게 떠오르지 않으면, 일단 하기 싫은 것을 먼저 떠올려본다. 하고 싶은 것이 분명하지 않은 경우는 있어도 하기 싫은 것이 생각나지 않는 경우는 거의 없다.

하기 싫은 것의 목록을 써 내려간 다음엔, 마음을 가다듬은 뒤 하고 싶은 것을 다시 또박또박 적는다.

그러면 신기하게도, 머릿속에 아니 어쩌면 마음속에 웅크리고 있던 생각들이 스멀스멀 기어 나오기 시작한다. 물론 그 생각을 행동으로 옮길 수 있느냐는 또 다른 문제일 테지만 말이다.

문득 초등학교 미술 시간이 떠오른다. 어느 날 선생님이 아이들에게 일명 '반반 그림'이라는 것을 그리도록 했다. 하나의 사물을 그리되 한쪽은 빨강이나 노랑 같은 따뜻한 느낌의 난색으로, 다른 쪽은 파란색처럼 차가운 느낌을 주는 한색을 사용해서 대조적으로 그려보라는 것. 선생님은 컴컴한 색을 이용해서 그림을 완성하면 밝은색도 잘 그릴 수 있다고 설명했다.

아이들은 처음엔 어리둥절한 표정을 지었으나 그림을 완성한 뒤에는 다들 난색과 한색의 개념을 이해한 듯한 눈치였다.

이러한 원리는 세상사에도 적용된다. 반대되는 두 대상의 차이를 맞대어 비교하다 보면 자연스레 옥석이 가려지거나 혼란스러운 상황이 일시에 정리되는 사례가 현실엔 비일비재하다.

그러므로 어떤 사안 앞에서 확신이 서지 않거나 선택의 갈림길에서 하염없이 고민하고 있다면 아예 반대쪽으로 걸어가보는 것도 나쁘지 않으리라.

다르기 때문에 더 선명하게 느껴지는 길을 걷다 보면, 잠에서 덜 깬 것 같은 흐리멍덩한 생각을 또렷하게 가다듬거나 찾으려야 찾을 수 없었던 문제 해결의 실마리를 발견할 수 있을지도 모른다.

평가

작가는 도마 위에 올려진 생선

뚜렷한 목적이 있는 것도 아니고 인생에 크게 보탬이 되는 일도 아니지만 갑자기 그만두면 왠지 일상의 리듬이 어그러질 것만 같아서, 습관적으로 실천하게 되는 절차나 행위가 다들 있기 마련이다.

한다고 해서 티가 많이 나진 않지만, 안 하는 순간 나쁜 티가 많이 나는 일이라고 할까.

내겐 서점을 방문하는 일이 그렇다. 난 특별한 일정이 없으면 평일 오후 한두 시간 정도 서점을 산책하면서 이거다 싶은 책을 집어 들어 무작정 읽는다.

평소처럼 모자를 푹 눌러쓴 채 용산역 근처에 있는 서점을 배회하던 날이었다. 문학 코너에서 책을 뒤적이고 있었는데, 노트북 가방을 멘 남자 두 명이 매대에 놓여 있던 《언어의 온도》를 가리키며 이야기를 나누기 시작했다.

난 바로 뒤에서 책으로 얼굴을 가린 채 페이지를 넘기는 척하면서 그들의 대화를 귀에 주워 담았다. 그들은 '뻔하다'는 표현을 되풀이하면서 책에 대한 뒷담화를 늘어놓기 시작했다.

"이 책 알아? 읽어본 적 있어?"

"당연히 읽었지. 180만 부 정도 팔린 책이잖아."

"아무렴, 정말 더럽게 많이 팔렸지. 그에 반해 책의 내용은 너무 뻔한 것 같아."

"맞아, 이런 책은 나도 쓸 수 있겠다!"

"그래? 말만 번지르르하게 하지 말고 네가 써봐. 《언어의 온도》처럼 뻔하지만 널리 알려지는 책을!"

"그럴까? 하하하!"

순간 난 하마터면 "저기요, 제가 이기주입니다. 제 책을 읽으신 것 같은데 방금 뭐라고 하셨어요?"라고 쏘아붙일 뻔했으나, 미간을 찌푸리며 말을 도로 삼켰다.

작가의 손을 떠난 작품은 독자의 머리와 마음에서 새로운 의미를 부여받는다. 책에서 무엇을 읽고 어떤 의미를 발견하느냐 하는 것은 개인의 선택과 판단에 따라 달라질 수밖에 없다. 한마디로, 취향 존중이다.

나는 헛기침을 두어 번 하면서 그들의 뒤통수를 몰래 노려보았다.

잠시 뒤 그들은 내 분신과도 같은 책을 매대에 집어 던지고는 뭐가 그리 재미있는지 연방 박장대소하며 다른 코너로 향했다. 멀어져 가는 그들의 뒷모습을 지그시 바라보며 나는 마음속으로 생각했다. 그들을 향해 이야기를 건네듯이 말이다.

"솔직히 말해《언어의 온도》가 어떤 과정을 거쳐 널리 알려지게 됐는지 나도 잘 모르겠습니다. 내겐 답이 없습니다. 모르기 때문에 오늘도 이렇게 서점을 거닐며 책을 들여다보거나 생각을 다듬는 것이죠. 아무튼 난 '이거 참 뻔하잖아!'라는 말로 타인의 작품과 세계를 함부로 평가하지 않습니다. 그런 태도로 일관하면 '뻔함' 너머의 세계를 상상하거나 이해할 수 없기 때문입니다. 사람은 다른 세계를 상상할 수 없으면 지금 속해 있는 세계에 영원히 머무를 수밖에 없습니다. 책에 대해 그리고 삶에 대해 여전히 모르는 게 많지만 이것만큼은 자신 있게 이야기할 수 있어요."

난 책을 고르기 위해 다시 서점을 어슬렁거렸다. 평소 일주일에 대여섯 권의 책을 구입하는 편이다. 구매한 책을 다 읽느냐고? 물론 그건 아니다. 대형 서점과 독립 서점을 싸돌아다니면서 가져온 책들을 서가에 꽂아두었다가 눈에 밟히는 게 있으면 자연스레 읽곤 한다.

개중에는 다 읽지 않고 중간에 덮는 책도 있고 완독하게 되는 경우도 있는데, 아무튼 나는 책 한 권을 읽고 나면 '빈둥거리지 말고 나도 어서 글을 써야지!'라는 생각을 가장 먼저 떠올린다. 다른 작가의 글이 내게 신선한 자극을 주는 경우 특히 그렇다.

반면 어떤 이들은 책을 읽자마자 작품의 가치와 수준을 평가하는 일에 몰두한다. 하긴 책을 쓸 자유가 있으면 비평할 자유도 있는 법이다. 이는 지극히 당연한 일이다. 서점에서 목격한 사내들처럼 말이다.

다만 나는 작가가 된 후로는 다른 작가의 책을 평가하지 않는다. 몇 가지 이유가 있다.

첫째, 책을 쓰고 펴내다 보니 얼굴 한 번 본 적 없는 다른 작가들에게 은근한 동료의식을 느끼게 되었다. 동종 업계에 종사하는 사람들, 그리고 그들의 손에서 태어난 작품을 나는 감히 논평할 수 없다.

둘째, 도서 비평을 넘어 책과 작가를 향해 최선을 다해 독설을 날리는 이들은 지금도 넘쳐난다. 굳이 나까지 그런 대열에 합류할 이유가 없다.

작가는 도마 위에 올려진 생선과 비슷한 처지에 놓일 때가 많다. 작가와 작가의 책을 향해 언제든 예리한 비평의 칼날이 떨어질 수 있다.

글 쓰는 일로 먹고사는 사람이라면 이를 겁내선 안 된다. 혹시 있을지도 모르는 누군가의 혹평이 두려운 나머지 논란이 될 만한 내용을 사전에 삭제하는 등 자기 검열에 빠지는 작가들이 더러 있는데, 그렇게 되면 머릿속에 있는 생각을 솔직하게 끄집어낼 수 없을뿐더러 자유롭게 상상하는 일도 어려워진다. 작가에겐 치명적인 타격이다.

그렇다면 어떻게 해야 가혹한 평가 앞에서도 겁을 먹거나 움츠러들지 않을 수 있을까?

안타깝게도 방법이 없다. 그런 두려움을 마치 암 덩어리를 제거하듯이 깔끔하게 도려내는 것이 가능하다면 내가 이미 오래전에 시도하고도 남았을 것이다.

단, 이와 관련해 작가에겐 한 가지 특권이 있다. 불안감 같은 어두운 감정을 마음에 쌓아두지 않고 밖으로 꺼낼 수 있다.

이를테면 '비평에 대한 두려움'이 마음의 밑바닥에서 꿈틀거릴 때 이를 막연하게 받아들이지 않고, 왜 그런지 글로 써가면서 조목조목 따져볼 수 있다.

그러면 감당하기가 버겁게 여겨지던 두려움도 문장으로 전환되는 순간 그 위세가 적잖이 사그라든다.

마음에 짙게 퍼져 있던 어둡고 두려운 느낌이 멀겋게 묽어지는 것 같다고 할까. 물론 이는 두려움의 실체를 회피하지 않고 정면으로 마주할 수 있는 용기가 어느 정도 있어야 가능한 일일 테지만 말이다.

친구

무조건 인맥을 넓히며
살 필요는 없기에

서울 마포 근처에서 볼일을 본 뒤, 예전에 자주 방문하던 카페를 찾아갔다. 카페 출입구에 '임대 문의' 표지판이 외롭게 걸려 있고, 마당 구석에는 목련 한 그루가 덩그러니 남아 있었다.

'봄이 무르익을 무렵이면 흐드러지게 핀 목련꽃을 보기 위해 몰려든 사람들로 북적이던 곳인데….'

발갛게 녹슨 출입문의 손잡이를 슬쩍 잡아당겨보았다. 덜컥하는 소리조차 나지 않았다. 난 꿈쩍도 하지 않는 문에서 손을 떼고 천천히 걸음을 옮기면서 그곳을 벗어났다. 그러면서 과거로 고개를 돌렸다.

한때는 내 마음속에 소중하게 자리 잡았으나 크고 작은 오해로 관계가 멀어진 사람들의 얼굴과 이름을 생각해보았다. 얼굴은 기억나지만 이름이 떠오르지 않는 이가 있었고, 이름은 선명하지만 얼굴이 좀체 생각나지 않는 이도 있었다.

우린 좋든 싫든 타인과 교류하고 관계를 맺으며 살아간다. 그 방식과 깊이는 제각각이다. 타인과 최소한의 관계만 맺으며 사는 사람이 있는가 하면, 인맥이 재산이라는 믿음을 품고 많은 사람과 알고 지내려 애쓰는 이도 있기 마련이다.

문득 궁금증이 떠오른다. 그렇다면 우린 최대한 몇 명의 타인과 인맥을 형성하며 살아갈 수 있을까?

영국의 진화인류학자 로빈 던바 교수는 현대인이 진정한 사회적 관계를 맺을 수 있는 최대 인원이 고작 150명에 불과하다고 주장했다. 그가 호주와 그린란드 등에 사는 원시 부족을 오랜 기간 관찰했더니, 마을을 구성하는 주민의 수가 150명 안팎인 경우가 많았는데, 이는 적으로부터 부족을 지키기에 가장 효율적인 인원 규모였다고 한다.

던바 교수는 이 법칙을 소셜 미디어로 인맥을 쌓는 현대인의 삶에 적용했다. 온라인상에도 원시 부족과 동일한 150명 이하의 타인과 소통할 때 최적의 친분이 이루어진다는 연구 결과를 내놓았다. 이른바 '던바의 법칙'이다. 누군가는 겨우 150명이냐고 반문할지도 모르지만, 소셜 미디어를 통해 수천수만 명의 사람과 활발히 소통하는 소위 인플루언서라고 해도 꾸준히 연락을 취하면서 끈끈한 관계를 이어갈 수 있는 친구의 한계는 최대 150명 정도라는 것이 던바 교수의 설명이다.

한때는 나도 인맥이 곧 재산이라고 믿었다. 특별한 접점이 없는 사람들과 친교를 맺고 그들과 교류하는 데 공을 들였다. 나와 조금은 결이 다른 이들과 대화를 나누며 생각과 감정을 뒤섞고 싶었다. 대학에 다닐 땐 여러 교내 동아리에서 활동했고 졸업 후에는 다양한 취미 동호회에 가입했다.

나이가 들면서 대인 관계에 대한 가치관 자체가 변했다.

불필요하게 맺은 관계 때문에 스트레스를 받거나 관계를 유지하기 위해 불필요한 감정 소모를 하는 일이 잦았기 때문이다.

무조건 인맥을 넓히며 살 필요까진 없다는 생각이 싹트기 시작한 것도 이때부터다.

이 무렵 나는 자주 생각했다. 타인과의 관계를 형성하고 유지하는 데 있어서 가장 중요한 건 '자기 존중'이 아닐까 하고.

인간관계에 대한 소신이 어그러지며 흔들리던 날, 나는 휴대전화에 저장된 연락처를 들여다보았다.

언제 어디서 전화번호를 교환했는지 알 수 없거나 심지어 얼굴조차 기억나지 않는 수많은 이들의 이름이 빼곡하게 담겨 있었다. 이날 난 오랜 기간 소식을 주고받지 않은 사람의 연락처를 미련 없이 삭제했다.

나는 바람이 빠져 쪼그라든 풍선 같은 연락처를 물끄러미 쳐다보며 다짐했다.

'앞으론 웬만하면 휴대전화에 낯선 이름과 전화번호를 욱여넣지 말아야지. 새로운 사람과 얼굴을 익히며 관계를 확장하기 위해 애쓰기보다 내 곁에 있는 사람들과의 인연에 집중해야지. 그런 태도야말로 날 귀하게 여기는 방법일 테니까!'

무력

게으름이 아니라
좌절감에 가까운

도무지 힘이 나지 않거나 할 수 있는 게 없어서 스스로에 대한 의심이 들솟을 때가 있다. 그땐 머릿속에 무력감이란 단어가 꽈리를 튼다. 특히 '이건 내가 잘할 수 있는 건데…'라는 믿음으로 매달린 일이 실패로 끝날 때 우린 무기력하게 무너진다. 무력감은 일견 나태나 게으름처럼 보이지만, 실은 좌절감이나 패배감 쪽에 가깝다. 무력감의 늪에서 벗어나려면 어떤 일을 내가 수행할 수 있는 능력이 있다고 여기는 '자기 효능감'부터 일깨워야 한다. 소소하고 일상적인 일부터 스스로에게 권유해봄 직하다.

여백

여유가 없으면 흔들릴 수밖에

한국인의 커피 사랑은 세계적인데, 한국인의 스타벅스 사랑은 더 세계적이다. 오죽하면 스타벅스 매장이 들어선 지역의 상권이 살아난다는 뜻의 '스세권스타벅스+역세권'이란 말까지 생겨났을까.

스타벅스라는 브랜드 명칭이 소설 《모비딕》에 등장하는 항해사의 이름에서 유래했다는 건 널리 전파된 사실이지만 로고에 얽힌 비화는 상대적으로 덜 알려진 듯하다.

스타벅스 로고의 모티브가 된 건 그리스 신화에서 아름다운 노래로 뱃사람을 유혹하는 세이렌이다. 로고를 자세히 보면 코언저리의 그림자가 오른쪽으로 살짝 기울어져 있음을 알 수 있다.

과거에는 코를 중심으로 왼쪽과 오른쪽이 완벽한 대칭을 이루었으나 너무 차갑게 보이는 탓에 비대칭 형태로 고 쳤고, 훨씬 자연스러워진 로고에 소비자들의 호응이 이 어졌다는 후문이다. 디자인을 수정하는 과정에서 부여한 여백이 로고의 완결성으로 이어진 셈이다.

여백이 중요한 게 어디 디자인뿐이랴. 어떤 음악이나 그 림이 아름답게 느껴지는 이유는 대개 그것의 안쪽이 적 당히 비어 있기 때문이다.

극치에 근접한 예술 작품이 대체로 그렇다. 얼핏 엉성해 보이지만 함부로 모사模寫할 수 없는 공백과 여유가 감상 하는 사람의 마음을 편안하게 해준다. 그러면 감상자는 상상력을 발휘해 작품이 지닌 미묘한 틈을 스스로 메우 기 마련이다.

뭐든 꽉 채우지 않고 일부러 여백을 남겨두기란 어려운 일이다. 여백을 두려는 시간과 공간에 대한 고민과 관찰 이 필요하다.

여백을 가리켜 오랜 기다림의 입맞춤이라고 일컫는 것도 이런 이유에서가 아닐까.

언젠가 망망대해에서 멸치를 어획하는 어부들의 모습을 TV로 본 적이 있다. 서너 척의 배가 합심해 멸치 떼를 한 곳으로 몰아넣은 뒤 그물을 들어 올렸다.

그물이 수면 위로 드러나는 순간 배가 좌우로 기우뚱거렸다. 그물에서 바닷물과 함께 배로 쏟아진 멸치의 무리가 번들거리는 은빛 꼬리를 흔들며 춤을 추었다. 배 바닥을 차고 용수철처럼 튀어 오르는 멸치 떼를 추스르며 한 선원이 말했다.

"그물을 거머당기면 쓸데없는 잡어雜魚가 섞여 있을 때가 많아요. 자질구레한 물고기도 돈이 되기는 하지만 그것들이 계속 그물 안으로 들어오게 놔둬선 안 됩니다. 그물이 무게를 이기지 못해요. 여하튼 그물질할 때 열심히만 한다고 일이 되는 게 아닙니다. 여유를 갖고 해야 해요!"

지나치게 욕심을 부려서 잡어까지 그물에 담으려 하다가는 배가 뒤집힐 수도 있으므로 중간에 그물이 너무 무거워지면 주저 없이 창살로 쑤셔서 찢어야 한다고, 선원은 설명했다. 나는 절로 고개를 끄덕였다.

당연한 말이지만 마음에도 여유 공간이 필요하다. 마음이 너무 빽빽해지면 시야가 좁아지는 것은 물론이고, 마음의 속도마저 빨라진다.

나는 인간이 겪는 불행 중 대부분은 몸의 속도가 마음의 속도를 따라잡지 못해서 일어난다고 생각한다.
몸과 마음이 세상에 반응하는 속도의 불일치, 이로 인한 동요動搖가 심해지면 우린 삶의 바다 한가운데서 균형을 잃고 물속으로 가라앉을 수밖에 없다. 안타까운 일이다.

03

우린 타인을 내려다보면서 위로할 수 없다.

위로의 언어는 평평한 곳에서만 굴러간다.

덜 아픈 사람이
더 아픈 사람을 안아준다

위로

괴로움을 덜어주는 행위

신문을 볼 때 사회면과 국제면을 정독한다. 국내는 물론이고 지구촌 곳곳에서 일어나는 다양한 사건들을 들여다보면, 동시대를 살아가는 사람들의 마음이 어디로 향하고 또 어떻게 흩어지는지 어렴풋하게나마 짐작할 수 있기 때문이다. 이는 일상에서 글감을 건져 올려 소소한 글을 쓰는 내게 필요한 과정이다.

몇 해 전 국제면 기사를 읽다 눈을 떼지 못하고 멈칫한 적이 있다. 영국에서 '아서'라는 여섯 살 아이가 아동 학대로 목숨을 잃은 사건을 다룬 기사였다. 당시 영양실조 상태였던 아이의 몸에선 수백 개의 멍이 발견됐다.

가정용 CCTV에 아서의 마지막 모습이 고스란히 담겼다. 배고픔에 잠을 이루지 못한 아서는 서럽게 흐느끼며 도와달라고 외쳤다. 어둠 속에선 어떤 대답도 들려오지 않았다. 누구에게도 기댈 수 없었던 아서는 밤새 울부짖었다.

"아무도 날 사랑하지 않아! 아무도 내게 먹을 것을 주지 않아!"

'기대다'라는 뜻을 지닌 한자 의依는 사람 인人과 옷 의衣가 합쳐진 형태다. 사람이 추위를 피하려면 옷에 의지할 수밖에 없음을 표현한 것이다. 그만큼 인간은 부서지기 쉽고 상처 입기 쉬운 존재다.

살다 보면 온갖 종류의 추위가 우리의 몸과 마음을 휘몰아 때리기 마련이다. 하지만 혹독한 추위를 견딜 수 있는 옷이 모두에게 있는 건 아니다.

우린 괴로운 심정을 하소연할 곳이 없거나 홀로 견디기 어려운 시련이 닥쳐올 때면 베개에 얼굴을 파묻고 꺼이꺼이 눈물을 흘리면서 밤을 지새우곤 한다. 삶의 덧없음과 허무함을 절감하면서….

그나마 몇 해 전까지만 해도, 타인에게 격려와 응원을 전하는 사람들을 우리 사회 곳곳에서 만날 수 있어 힘들 때 언제든 그들에게 기댈 수 있었다. 그런데 언제부터인가 그들이 소리 소문 없이 자취를 감추고 있는 듯한 느낌이다. 위로의 언어를 들려주는 사람들의 목소리가 예전만큼 주목받지 못한다고 할까.

이에 반해 '매운맛 잔소리'를 쏟아내며 대중의 각성과 분발을 독려하는 전문가들은 그 어느 때보다 추앙받는 분위기다. 숨 쉴 때마다 쓴소리를 내뿜는 독설가들이 미디어와 강연 시장을 누빈다고 해도 과언이 아니다. 그들은 당당하게 외친다.

"위로를 통해 현실의 고민과 문제를 해결할 수 없는 시대입니다. 위로라는 낯간지러운 말은 이미 오래전에 시효를 다했습니다."

글쎄다. 아무리 내면이 강인한 사람도 삶이 흔들릴 땐 누군가에게 혹은 무언가에 마음을 비스듬히 기대고 싶어 하기 마련이다.

삶의 들판에 찬바람이 몰아칠 때 순전히 자신의 온기만

으로 견딜 수 있는 사람은 없다.

남의 도움을 기대하지 않는다고 큰소리치며 홀로 견디겠다고 다짐하는 사람이 더러 있기는 하지만, 실은 그렇게 마음을 먹는 순간조차 누군가에게 건네받은 온기로 현실을 버티는 것일지도 모른다.

나부터 그렇다. 평소 고민이나 어려움이 있어도 어지간해서는 타인에게 도움을 청하거나 하소연하지 않는 성격이지만, 힘겨운 하루를 보낸 날에는 나 아닌 다른 존재의 위로를 받고 싶은 마음이 간절하다.

그런 날이면 '오늘 내 마음을 적당히 데워준 문장이 있었는데…'라는 생각을 베개처럼 베고 잠을 청한다. 그러면 현실의 무게에 구겨졌던 마음이 슬며시 펴지는 것 같은 기분이 든다.

과연 위로란 무엇일까? 상대의 괴로움과 슬픔을 달래주기 위해 내가 건네는 모든 말과 행동이 위로가 될 수 있을까?

저마다 삶이 괴로운 사정과 이유가 다르므로 위로의 방법도 다를 수밖에 없다. 모든 사람의 마음을 어루만질 수 있는 만병통치약 같은 위로의 기술은 존재하지 않는다. 따라서 나는 모범적인 위로가 무엇인지는 말할 수 없을 듯하다.

다만 무엇이 위로를 방해하는지에 대해선 조심스레 생각을 꺼내놓을 수 있다. 현실성 없는 해결책을 무턱대고 들이미는 이들의 조언, 그리고 고민에 휩싸인 상대에게 멋진 말을 들려줘야 한다는 강박에 사로잡힌 사람이 구사하는 그럴싸한 격언 같은 위로는 슬픔을 달래주지 못한다.

나는 그런 말을 들을 때마다 위로받기는커녕 저항감과 불쾌감을 느낀다.

일정한 중량을 지닌 물체는
굳이 힘을 가하지 않더라도
높은 곳에서 낮은 곳으로 굴러가지만
위로는 그런 방식으로 전해지지 않는다.

우린 타인을 내려다보면서 위로할 수 없다.
위로의 언어는 평평한 곳에서만 굴러간다.

그러므로 누군가를 위로하기 위해선 무턱대고 따뜻한 말을 쏟아내기 전에 상대와 마음의 높이부터 맞춰야 하는지 모른다.

위로를 필요로 하는 사람은 자신보다 높은 곳을 향해 고개를 들 힘조차 없는 사람이다.

친밀

가장 가깝기에
가장 만만한

영화 〈헨리 이야기〉 속 주인공 헨리^{해리슨 포드}는 잘나가는 변호사다. 사람들은 그를 성공의 표본으로 삼는다. 그는 고액 연봉을 받으며 호화 저택에서 물질적 풍요를 누린다. 돈과 명예만을 향해 돌진하는 헨리에게 가정은 뒷전이다. 모든 에너지를 일에 쏟아붓고 집에 돌아와서는 부인과 서먹한 대화를 주고받으며 하루를 마무리한다.

그러던 어느 날, 헨리는 강도의 총을 맞고 사경을 헤맨다. 헨리는 운 좋게 목숨을 건지지만 과거의 기억을 잃어버리고 만다. 그는 재활 치료에 매달리며 몸과 마음을 추스른다. 옛 동료를 만나 기억을 더듬고 승소한 사건들을 들여다보면서 삶을 되짚어본다.

헨리는 지난날 자신이 목적을 위해 수단과 방법을 가리지 않는 냉혈한이었다는 사실을 알게 되면서 스스로에 대해 환멸을 느낀다.

동시에 가족의 소중함을 새삼 깨닫게 되면서 점차 인간미 넘치는 사람으로 거듭난다.

우린 종종 가장 소중한 사람에게, 해서는 안 될 행동을 저지른다. 일터에서 얻은 '스트레스 꾸러미'를 집으로 들고 와 가족 앞에서 풀어헤치거나 별것 아닌 일로 짜증을 내기도 한다.

그저 친밀하다는 이유로 상대를 만만하게 대하다가 실수를 범하는 걸까? 아니면 내가 하는 모든 행동을 상대가 받아줄 거라고 믿다가 분별력과 자제력을 잃어버리는 것일까?

일부 심리학자에 따르면, 인간은 가장 친밀한 사람을 자신과 동일시하는 경향이 있다고 한다. 그런데 때론 그 정도가 지나쳐 '상대'를 '나'로 간주하거나 아예 통제하려 들면서 서로 대립하게 된다는 것이다.

일리 있는 주장이다. 사람은 각자 살아온 궤적이 다른 만큼 세상을 바라보는 시선도 다르기 마련인데, 상대에게 내 삶의 기준과 잣대를 함부로 들이대다 보면 당연히 갈등이 빚어질 수밖에 없다.

대인 관계에 대한 우리의 그릇된 믿음도 친밀한 사이에서 실수를 저지르게끔 하는 중요한 배경으로 작용하지 않나 싶다.

우린 물리적 혹은 정서적으로 가까운 사람과 어쩌다 갈등을 겪으면, 조만간 화해하겠거니 하고 안이하게 생각하는 버릇이 있다. 가족, 친구, 연인이라는 고리로 단단하게 연결되어 있으므로 크게 다퉈도 서로를 저버리지 않을 것으로 여긴다. 한동안 담을 쌓고 지내던 사람과도 언제든 마음만 먹으면 관계를 복원할 수 있을 거라 믿는다. 하지만 친밀한 사람과 틀어지면 감정의 골이 깊게 파여 둘 사이의 거리가 더 아득하게 느껴지는 법이다. 틀어진 관계를 회복하기까지는 상당히 긴 시간과 정성이 필요하다.

어떤 면에서 사랑은 서로의 삶을 포개는 일이다. 책장에 꽂혀 있는 각각의 책이 저마다의 공간을 확보하면서도 옆에 있는 책에 기댄 채 비스듬히 서 있는 모습처럼 말이다.

누군가를 사랑하고 아낀다고 해서 내 쪽으로 그 사람을 억지로 끌어당겨선 안 된다. 둘 사이의 공간이 사라져 상대도 나도 힘겨워질 수 있다. 잘못하면 둘의 관계 자체가 허무하게 무너질 수도 있다.

염려

사랑의 동의어

초등학교 시절의 희미한 기억이다. 아버지가 돌아가신 지 얼마 되지 않았을 때였다. 한겨울에 어머니가 몸살감기로 앓아누웠다. 어머니의 이마에는 식은땀이 송골송골 맺혀 있었다.

이대론 안 되겠다 싶었다. 해 질 무렵 옷을 챙겨 입고 주말에 문을 연 약국이 있는지 찾아 나섰다. 난 장을 볼 때 사용하는 넉넉한 크기의 장바구니를 챙겨 밖으로 나왔다. 어머니가 많은 양의 약을 먹으면 빨리 나을지도 모른다는 엉뚱한 생각을 했기 때문이다.

어깨에 멘 가방을 추스르면서 10분쯤 밤길을 걸었을까.
어둠 속에서 환하게 반짝이는 약국 간판을 발견했다. 나
이 지긋한 약사 앞에서 배꼽인사를 한 뒤 자초지종을 설
명했다.

집으로 돌아온 나는 어머니 머리맡에 약 봉투를 내려놓
으며 빨리 일어나서 약 좀 먹으라고, 죽으면 안 된다고
말했다. 그러면서 어머니의 어깻죽지를 흔들었다. 어머
니는 간신히 몸을 일으켰다.

"죽긴 왜 죽어. 엄마 안 죽어. 그리고 이건 뭐야? 이 밤에
혼자 나가서 약 사 온 거야?"

난 코를 훌쩍이며 고개를 끄덕였다. 어머니는 팔을 벌려
나를 와락 끌어안았다. 그날 난 어머니가 흘린 식은땀을
뺨의 감촉으로 느끼며 조용히 눈물을 흘렸다.

도대체 무슨 생각으로 감기에 걸린 어머니에게 죽지 말
라고 말했던 걸까. 세월이 한참 흐른 어느 날, 나는 동네
꼬마의 행동을 우연히 엿보다가 어린 시절의 내 행동을
반추할 수 있었다.

귀갓길이었다. 집 근처 놀이터에서 예닐곱 살쯤 돼 보이

는 아이가 아빠와 공놀이하는 모습이 눈에 들어왔다. 아이가 던진 연두색 테니스공에 얼굴을 맞은 아빠가 앗 소리를 과장되게 지르며 쓰러지는 척했다. 아이는 아빠의 장난을 눈치채지 못했는지 안절부절 어쩔 줄 몰라 하더니 울음을 터트리며 물었다.

"아빠, 다쳤어? 내가 아빠 아프게 한 거야?"

난 아이의 천진난만한 말투와 아빠의 장난기 섞인 행동에 살포시 미소 지었다. 그들을 바라보는 내내 어릴 적 내 모습이 어른거렸다.

어린아이에게 부모는 든든한 안식처이자 울타리다. 아이는 부모라는 절대적인 존재의 품 안에서 불안감을 해소하고 차츰 세상을 익혀나간다.

따라서 부모가 아프거나 다치면 아이는 두려움에 사로잡힐 수밖에 없다. 아이 입장에선 자기를 돌봐주는 존재, 아니 어쩌면 하나의 세계가 가뭇없이 사라질지도 모른다는 생각이 들 수 있기 때문이다.

고로 어린아이일수록 부모의 안위를 과민하게 염려하기 마련이고, 때론 마음속에서 "죽지 마!"라는 극단적인 표현까지 끄집어내 부모의 가슴팍에 안겨주는 것인지도 모른다.

하기야 상대방의 편안함만이 아니라 위태함까지 걱정하고 확인하는 것이 사랑의 본질이 아니던가.

그런 점에서 '염려'는 사랑의 동의어다. 누군가를 사랑하면 반드시 염려하게 된다. 염려야말로 사랑의 증거임이 틀림없다. 굳이 어른들이 가르쳐주지 않아도 아이들은 이런 이치를 이미 알고 있는 게 아닐까 싶다.

휴식

삶의 에너지를 모으는 시간

"마음이 무거운 날이면 작가님의 책을 산책하듯 읽으며 잠에 빠져들곤 합니다."

최근 서점에서 날 알아본 어느 독자가 들려준 말이다. 각박한 시대, 누군가의 마음을 위로할 수 있다는 건 작가로서 감사한 일이다.

다만 솔직히 말해, 나 역시 사람인지라 타인을 위로하기 위해 애쓰기보다 그저 타인으로부터 위로받고 싶은 날도 있다. 특히 업무나 대인 관계로 인해 너무 많은 에너지를 빼앗긴 날일수록 조용한 곳으로 피신해 혼자만의 시간을 보내고 싶은 마음이 굴뚝같다. 그곳에서 내 어깨를 짓누르는 삶의 무게를 잠시 내려놓고 온전히 휴식을 취하고 싶다.

누구나 휴식을 갈망한다. 하지만 막상 "평소에 어떻게 쉬세요?"라는 질문을 받으면 멍한 표정만 지을 뿐 곧장 대답하지 못하는 이들이 적지 않다. 쉼이란 걸 아예 잊거나 잃어버린 사람처럼 말이다.

특히 대다수 한국인은 직업적 성공을 위해선 끊임없이 자신을 채찍질해 한계 상황까지 몰아가야 한다고 여기는 경향이 있다. 페달이 돌아가지 않으면 넘어질 수밖에 없는 자전거와 자신을 동일시한다. 그래서 어쩌다 쉴 수 있는 시간이 주어져도 느긋하게 여유를 즐기지 못하고 끊임없이 몸을 움직인다.

하지만 살아 있는 모든 존재는 멈춤과 정비의 시간이 필요한 법. 아무리 체력이 좋고 일벌레를 자처하는 사람일지라도 쉬어야 할 때 제대로 쉬지 않으면 언젠가는 에너지가 바닥나 맥없이 나가떨어질 수 있다.

그렇다면 언제 어떻게 쉬는 게 좋을까? 사람마다 삶을 영위하는 방식과 리듬이 다르므로 휴식을 취하는 방식도 다를 터. 자기 안에서 삶의 에너지를 차분히 생성하는 사람이 있는가 하면 외부에서 활발히 끌어모으는 사람도 있기 마련이다.

당신은 어느 쪽인가? 만약 전자의 경우라면 인파가 몰리는 장소를 찾기보다 마음을 누일 수 있는 고요한 시간과 공간 속에서 홀로 휴식을 취하지 않을까 싶다. 나처럼 말이다.

내 경우를 좀 더 이야기하자면, 갑자기 모든 걸 내려놓기보다 적당한 고요에 둘러싸인 채 좋아하는 걸 하면서 에너지를 충전하는 편이다. 차 안에서 가사 없는 음악을 듣거나 글쓰기에 대한 부담을 내려놓고 서점 구석에서 한가로이 책을 읽는 날도 있다.

이때 업무를 처리할 때와는 전혀 다른 자세로 음악을 듣고 책을 본다. 일할 때와 같은 동작으로 휴식을 취하면 여전히 일을 하는 것으로 우리 뇌가 착각할 수도 있다는 글을 어느 과학 서적에서 읽었는데, 일리가 있다고 여겨 실제 행동으로 옮기고 있다.

이쯤에서 누군가는 고개를 가로저으며 딴죽을 걸지도 모르겠다.

"아니, 이기주 작가님. 쉴 때도 책을 읽는다고요? 농담하는 거죠? 쉴 땐 모든 일을 중단하고 푹신한 소파와 혼연일체가 되는 게 바람직해요!"

글쎄다. 난 일과 쉼을 칼같이 분리해서 휴식을 취하지 못하는 편이다. '작업 모드'의 전원 스위치를 완벽히 끄지 못한다고 할까.

그래서 평소 양질의 쉼과 일 사이에서 적절한 균형을 맞추기 위해 노력한다.

주변을 둘러보면 아무것도 하지 않고 푹 쉬어도 늘 피곤하다고 토로하는 이들이 있다. 어쩌면 그들은 이러한 균형점을 찾는 데 실패해서 피곤을 떨치지 못하는 것일지도 모른다.

어디 휴식만 그러할까. 모순된 요소로 가득한 세상을 살아가는 우린, 거의 매 순간 현실과 이상 사이를 오가며 나름의 균형을 잡아야만 한다.

이율배반적인 극단 사이에서 균형점을 찾지 않고서는 목표를 이루거나 원하는 방향으로 삶을 이어갈 수 없다. 균형의 문제는 곧 삶의 문제다.

교환

부모와 자식 간에 주고받는 것들

내가 사춘기에 접어든 어느 여름이었다. 창문을 통해 희
끄무레한 저녁 햇살이 식탁 위로 비스듬히 쏟아질 무렵,
저녁을 먹던 어머니가 내 얼굴을 빤히 바라보며 입을 열
었다.

"기주야, 아무리 봐도 넌 아빠를 빼닮았어!"

"웅? 아버지 아들이니까 당연하잖아요. 그나저나 어디가
가장 닮았는데요?"

"얼굴과 몸매는 물론이고 특히 목소리가 똑같아. 성급히
세상을 떠날 걸 미리 알고 자기와 똑 닮은 너를 이승에
남기고 갔나 싶기도 하고."

"정말? 아버지가 제게 목소리를 유산으로 물려주신 셈이
네요."

"그래, 평생 망가지지 않는 악기 하나 물려받았다고 생각
해. 아빠의 악기를…."

어떤 이들은 자식을 가리켜 부모 곁에 잠시 머무는 귀한
손님이라고 말한다. 태어나는 순간부터 애지중지하며 키
워야 하지만 때가 되면 품에서 떠나보내야 하기 때문이
다. 그런 손님이 세상에 나오기도 전에 부모는 자신의 본
질을 응축해서 자식에게 건네준다.

아무튼 나는 아버지에게서 목소리만 물려받은 것이 아니
라 몇 가지 소소한 재주를 건네받았는데 그중 하나가 바
느질이다.

초등학생 때부터 또래 아이들보다 바느질에 소질이 있었
다. 때로는 손에 연필 대신 실과 바늘을 쥐고 수선할 옷
이 없는지 집 안을 두리번거리기도 했다. 지금도 웬만한
옷은 수선집에 맡기지 않고 직접 고친다.

엊그제 아침에 어머니가 순면으로 된 파자마를 입고 싶
다고 지나가는 말로 이야기하셨다. 어머니는 분명 무심
중에 한 말이었지만 난 그 말을 귀에 주워 담았다. "입고
싶다"는 문장이 종일 귓속에 맴돌았다.

돌이켜보면 어린 시절 어머니가 무심결에 툭 던져준 한

마디가 내 마음속에 보이지 않는 길을 만들었던 것 같다.
아니, 많은 길이 내 안으로 쏟아져 들어왔다고 해야 할
까. 아무튼 그때 마음속 깊은 곳에 만들어진 길을 어른이
된 지금 덤덤히 걷고 있는지도 모르겠다.

이날 나는 귀갓길에 백화점을 들러 순면 파자마를 사 와
서 안방 화장대에 올려놓았다. 옷을 입어본 어머니는 거
울 앞에서 미간을 모으며 고개를 갸웃거렸다.
"상의는 입기에 불편함이 없는데 하의가 좀 긴 것 같아.
내일 수선집에 맡겨야 할 것 같구나."
"허리는 괜찮아요? 기장만 길어요?"
바지를 살펴봤더니 아랫부분을 안쪽으로 조금 접으면 굳
이 수선을 맡기지 않아도 될 듯싶었다. 나는 곧장 바늘에
실을 꿰어 어렵지 않게 기장을 줄였다. 어머니는 바지 밑
단을 매만지며 빙긋이 미소를 지었다.

순간 어머니의 손에 새겨진 주름이 눈에 들어왔다. 깊고
진한 주름이 마치 가파른 오르막길에 놓인 계단처럼 층
층이 깔려 있었다.

그동안 내가 저 계단을 밟고 오르면서 어른이 되었고 동시에 작가로 살아가고 있는 건 아닐까, 하는 생각이 들었다.

수십 년 전 어느 날 긴 옷을 수선해서 내 몸에 딱 맞게 만들어주던 어머니의 모습이 어슴푸레 기억 속에서 되살아났다. 아마 그날 나는 어머니가 건네준 옷을 입고 "딱 맞아요!" 하고 활짝 웃었으리라.

내가 옛 기억을 떠올린 사이 어머니가 옷을 갈아입고 거실로 나오셨다. 어머니는 거울 앞에서 옷매무새를 매만지며 해죽이 웃으셨다.

어머니의 이런 미소를 볼 때마다 내 머릿속에선 타자기를 두드리는 소리가 울려 퍼지기 시작하고, 급기야 아래와 같은 문장이 남겨진다.

'부모가 자식 앞에서 하는 일상적인 행위 중 일부는 허공으로 흩어지지 않고 자식의 삶에 그대로 이식되었다가, 세월이 흐른 어느 날 불쑥 튀어나와 부모의 마음으로 다시 옮겨지기 마련이다. 이런 과정을 되풀이하는 한 부모와 자식은 아무리 티격태격하더라도 서로를 저버리지 않고 돈독한 관계를 유지할 수 있다.'

상처

개인의 정체성을
구성하는 요소

2011년에 개봉한 〈7광구〉는 당시 큰 기대를 모은 한국
형 블록버스터 영화다. 망망대해에 떠 있는 시추선에서
선원들이 괴생명체와 사투를 벌이는 줄거리인데, 영화
초반부에 나는 연신 고개를 갸웃거렸다. 선원들이 한자
리에 모여 각자 임무를 수행하면서 얻은 상처를 낄낄거
리며 자랑하는 것이 아닌가. "내 상처가 네 것보다 큰 것
같은데?"라고 떠벌리면서 말이다. 난 이 대목에서 영화
속으로 빨려 들어가지 못하고 팔짱을 낀 채 미간을 찌푸
리고 말았다.

정말 아픈 상처는 실없는 웃음이나 농담과 함께 대화의
테이블에 올려지는 법이 없다.

주변을 돌아보면 가슴에 깊은 상처를 안고 살아가는 사
람들은 아픈 기억을 함부로 자랑하지 않는다. 마음 깊이
파고들어 자신의 일부가 된 상처를 쉽게 꺼내기 어려울
뿐더러, 그걸 남들 앞에서 펼쳐 보이는 건 상처에 스스로
소금을 뿌리는 것과 같기 때문이다.

누구나 그런 상흔 한두 개쯤 가슴 깊은 곳에 새겨놓은 채
살아가고 있으리라. 누구에게도 밝힐 수 없고, 그 위에 아
무리 따뜻한 기억을 덧씌워도 절대 가려지지 않는 진하
디진한 상처 말이다.

다만 꼭꼭 숨겨놓은 상처라고 해서 스스로 부끄럽게 여
겨선 안 된다. 마음에 그어진 흉터는 개인의 정체성을 구
성하는 중요한 요소이기 때문이다.

흔히들 모든 사람은 다르다고 말한다. 그저 유전적 차이
로 인해 똑같은 인간이 존재할 수 없다는 뜻일까? 인간
은 단순히 유전자의 지배를 받는 존재인가?

나는 그렇게 생각하지 않는다. 인간의 정체성이 그렇게

단순하게 결정될 리 없다. 선천적인 요소뿐 아니라 살아가면서 각자의 마음에 남겨지는 무수한 삶의 흔적, 특히 상처와 고통이 내면에 쌓이는 과정을 통해 개인의 정체성이 형성된다고, 나는 믿고 있다.

어쩌면 우린 지난날 남과 다른 상처를 얻었기 때문에 지금 이 순간 남과 다른 사람으로 살아가는지 모른다.

돌이켜보건대, 기쁨이나 성취감 같은 것이 내가 나아가야 할 인생의 좌표를 알려준 경우가 없진 않았지만, 그것들이 나로 하여금 타인과 완전히 다른 길을 선택하게 해주진 않았던 것 같다. 오직 마음에 가장 깊게 새겨진 은밀한 상처만이 날 특정한 방향으로 걸어가게끔 하는 '삶의 나침반'으로 작용했다. 언제나 그랬다.

균형

어쩌면 사랑은
시소를 타는 일

궁금하다. 내가 누군가와 사랑을 주고받을 때 그 사랑의
무게와 밀도는 동일할까? 글쎄다. 사랑의 교환은 도화지
양쪽에 대칭적인 그림이 찍히는 '데칼코마니'처럼 이루
어지지 않는 듯하다. 내가 건네주는 사랑과 건네받는 사
랑이 똑같을 리 없다. 사랑의 세계에선 내가 좋아하는 딱
그만큼만 상대도 날 똑같이 좋아해주는 기계적 균형은
형성되지 않는다. 사랑은 미묘한 감정의 무게 차에 의해
끊임없이 오르락내리락하는 일에 가깝다. 마치 시소를
타듯이 말이다.

섬세

상대를 향한
감정의 촉수

비를 좋아한다고 말하는 사람 중엔 비 오는 날의 분위기를 좋아하는 사람이 있는가 하면, 호젓한 카페에서 빗소리와 함께 커피 마시는 걸 좋아하는 사람도 있으며, 그저 비 내리는 풍경을 좋아하는 사람도 있기 마련이다. 무언가를 좋아하는 일이 이처럼 정교함을 요할진대, 사랑을 주고받는 과정은 오죽할까 싶다. 우린 사랑에 빠지거나 심지어 벗어날 때도 상대를 향해 감정의 촉수를 세워 사랑의 생성과 종말을 감지한다. 섬세하고도 정교하게.

공부

깊이 파고들어
헤아리는 일

사랑이 내 시간을 상대에게 기꺼이 건네주는 것이라면, 헤어짐은 그 사람과 함께 따독따독 쌓아 올린 시간을 허공에 엎질러 세월 속으로 흩어지게 하는 것인지도 모른다.

이런 내 생각과 정확히 일치하는 영화가 있으니, 박찬욱 감독이 연출한 〈헤어질 결심〉이다. 근래 본 영화 중 가장 아름다운 작품이다.

어느 날 바위산에서 추락한 남자의 변사체가 발견되면서 이야기가 굴러가기 시작한다. 담당 형사 해준^{박해일}은 사망자의 중국인 아내 서래^{탕웨이}와 대면하게 된다. 해준은 서래를 의심쩍게 여기며 그녀의 심중을 넌지시 떠본다.

"많이 놀라셨을 것 같아요."

서래는 덤덤히 대꾸한다.

"남편이 산에 가서 오지 않으면 걱정했어요. 마침내 죽을까 봐!"

마침내? 남편이 죽기를 기다리기라도 했다는 뜻인가. 아니면 단순히 우리말이 서툰 탓일까. 변고 앞에서 동요하지 않고 침착하게 행동하는 서래는 용의선상에 오른다. 해준은 잠복 수사를 하면서 서래의 일상을 감시한다. 그 과정에서 그녀에게 묘한 끌림을 느낀다.

이윽고 둘은 가까워진다. 서로의 몸짓을 오감으로 탐색하고 마음의 상태를 진지하게 탐구하기 시작한다. 그렇게 형사와 용의자 관계는 사랑이라는 파도에 의해 철저히 붕괴하고 만다.

이때 서래를 향한 해준의 감정은 관객에게 충분히 전달

된다. 반면 영화 중반부까지도 서래는 해준에게 사랑을 고백하지 않는다. 영화를 보는 이들의 머릿속에 자연스레 물음표가 새겨진다.

'서래는 해준을 정말 사랑하는 걸까? 아니면 그저 그를 이용하기 위해 접근한 것일까?'

물론 사랑하는 사이라고 해서 반드시 "나는 당신을 사랑합니다"라는 식의 문장을 의무적으로 교환하며 사랑을 확인하란 법은 없다.

무릇 사랑으로 단단히 연결된 이들일수록 둘만 아는 신호나 은어를 은밀하게 주고받는다.

목에 힘을 주고 사랑이라는 단어를 또박또박 발음해야만 서로의 감정을 확인할 수 있는 건 아닐 것이다. 사랑을 표현하는 방법은 세상을 살아가는 사람들의 머릿수만큼이나 다양할 수밖에 없다. 이는 연인뿐 아니라 친구, 가족, 부모 자식 사이에서도 마찬가지다.

내 이야기를 하자면, 아침에 집을 나설 때마다 어머니는 내게 늘 비슷한 당부의 말씀을 들려주신다.

"운전 조심히 하렴!"

"조심히"라는 말에 나는 매번 마음이 붙들리곤 한다. 이 단어는 길가에 핀 봄꽃처럼 살그머니 내 걸음을 멈추게 만든다.

누구나 사랑하는 사람의 가슴에 새겨 넣는 소박한 단어나 문장이 있기 마련이다. 마음에 가두지 않고 틈틈이 끄집어내서 상대의 귀와 눈과 가슴을 향해 힘껏 내던지는 표현 말이다.

어쩌면 우린 그런 보편적이면서도 동시에 특별한 언어 덕분에 사랑하는 사람이 얼마나 소중한지 재확인하고, 나아가 진정한 사랑의 의미를 새삼 깨닫는 것인지도 모른다. 바지런히 사랑을 표현하면서 사랑이라는 세계를 더 깊이 들여다보고 공부하게 된다고 할까.

분명 사랑은 공부와 맞닿아 있다. 어떤 대상이나 가치, 공간, 물건 등에 매료되는 순간 우리 마음속에선 상대에 대한 호기심이 버썩 일어난다.

짓누를 수 없는 호기심은 공부 욕구를 자극한다. 물론 여기서 말하는 공부란 무언가를 익히고 정보를 암기하는 것만을 의미하지 않는다. 내가 아닌 다른 존재를 깊이 파고들어 그 사람의 밝은 면은 물론이고 어두운 면마저 총체적으로 헤아리는 일까지 포함한다.

아무리 부유하고 똑똑한 사람도 죽기 전에 세상의 모든 걸 경험하거나 공부할 수 없다.

그렇기에 우린 평생 동안 사랑이라는 가장 깊고 넓은 책의 낱장을 하나하나 넘기면서 삶을 배워나가는 건지도 모른다. 영화 속에서 해준과 서래가 시종일관 서로를 탐색하고 탐구한 것처럼 말이다.

재회

예전과 다른 마음으로 만나는 일

한낮에 노트북 작업을 하러 들어간 카페에서 어색한 분위기를 풍기는 남녀 한 쌍을 보았다.

그들은 서로의 얼굴을 정면으로 응시하지 않은 채 느릿하게 고개를 끄덕이며 대화를 나누고 있었다. 그렇다고 둘 사이에 냉기류가 흐르는 것 같지도 않았다. 뭐지? 이 묘한 분위기는?

바로 옆 테이블에 앉아 있던 나는 은연중에 그들의 대화를 엿들었다. "보고 싶었어"라는 문장이 또렷하게 들렸다. 아마도 그들은 호감을 느끼며 서로를 알아가는 단계가 아니라 헤어졌다가 다시 만나는 듯했다. 둘의 표정과 말투를 통해 충분히 짐작할 수 있었다.

순간 나도 모르게 "재회?"라고 읊조릴 뻔했다. 난 가지고 있던 책으로 재빨리 입을 틀어막았다.

그들의 뒷모습을 바라보던 나는 문득 독일 작가 베른하르트 슐링크의 대표작 《책 읽어주는 남자》의 줄거리를 떠올렸다.

1950년대 독일, 쇠약한 소년 미하엘은 철도 회사에서 일하는 한나라는 여인을 만나 운명적으로 끌림을 느끼고, 그녀에게서 사랑을 배운다. 둘은 나이 차를 뛰어넘어 애틋한 감정을 주고받지만, 어느 날 갑자기 한나가 표연히 종적을 감춘다. 한나와 이별 아닌 이별을 한 미하엘은 그녀를 향한 그리움과 원망이 뒤섞인 감정을 품고 살아간다.

세월이 흘러 어느덧 법학도가 된 미하엘은 전범 재판에 참관한다. 그런데 나치에 부역한 혐의로 체포된 사람들 가운데 한나가 포함돼 있는 게 아닌가.

유대인 수용소에서 화재가 발생할 당시 사람들을 풀어주지 않아 죽음에 이르게 했다는 죄목으로 궁지에 몰린 한나. 함께 기소된 다른 피의자들은 글을 쓰지도, 읽을 줄도 모르는 한나에게 책임을 돌리고, 그녀는 문맹이라는 사실이 밝혀지는 것이 두려운 나머지 혐의를 인정하고 만다.

모든 죄를 뒤집어쓰고 수감된 한나를 위해 미하엘은 지난날 사랑을 속삭일 때 그랬던 것처럼, 책을 낭독해서 카세트테이프에 녹음한 뒤 그녀에게 건네준다. 한나는 미하엘의 음성을 들으며 글을 익힌다.

다시 세월이 흘러 출소를 앞둔 한나와 중년이 된 미하엘은 어색한 표정으로 서로를 마주하게 된다. 둘은 오랫동안 마음의 밑바닥에 간직해온 소중한 감정을 다시 꺼내 서로에게 보여줄 수 있을까? 아니면 역사의 소용돌이 속에서 둘의 사랑은 영영 엇갈리고 말까?

실은 나도 한때 열렬히 사랑했으나 아쉽게 작별을 고했던 사람과 세월이 지나 다시 만난 경험이 있다.

그때만 해도 아픈 만큼 성숙해진다는 흔해빠진 말을 철석같이 믿었다. 이별이라는 현미경을 통해 그녀와 나 사이에 세워졌던 마음의 벽을 들여다볼 수 있을 거라 여겼다. 그걸 쉽게 허물 수 있을 거라 믿었다.

오산이었다. 재회 이후의 과정은 순탄하지 않았다. 오히려 과거보다 훨씬 버겁고 생경하게 다가오는 장애물이 우리 사이를 가로막고 있음을 느낄 수 있었다. 왜 그렇게 느꼈던 걸까.

훗날 난 어렴풋하게나마 깨달을 수 있었다. 연인 간의 재회는 사랑의 연장延長이나 헤어졌다가 다시 만나는 해후邂逅가 아니라, 이별로 인해 삶의 변화를 겪을 수밖에 없었던 두 사람이 새로이 사랑을 시작하는 '별도의 사건'이라는 것을 말이다.

실로 그렇다. 재회는 과거에 사랑했던 연인을 예전과 다른 마음으로 만나는 일이다.

그만큼 낯설고 불확실하다. 한번 이별했다가 재회한 연인들이 "처음 좋았을 때로 돌아가기 쉽지 않다"고 입을 모으는 것도 이런 이유에서가 아닐까.

04

알고 있다고 여기는 느낌에 지나지 않는다.

꽃을 안다고 말하는 건, 진짜 앎이 아니다.

꽃이 피고 지는 모습을 관찰하지 않고서

몇 번의 계절이 지나는 동안

조금 알면 자랑하고
많이 알면 질문한다

알다

진정한 앎에 대하여

내 편견일지도 모르지만, 조용한 곳에서 입술을 벌려 "숲…"이라고 소리를 내면 어디선가 서걱거리는 바람 소리가 들려오는 것 같다. '숲'을 발음할 때마다 귀에 감도는 소리의 잔류감도 부드러워서, 마치 숲길을 걷는 상상에 빠지곤 한다. 마음이 절로 가벼워진다.

그러고 보면 단음절 단어만이 지닌 고유한 분위기가 있는 듯하다. 사람으로 비유하면, 대화를 나눌 때 중언부언하지 않으면서 유연하고 간결한 화법으로 편안하게 이야기를 들려주는 친구 같다고 할까.

알다

누구나 좋아하는 단음절 단어 한두 개쯤 있기 마련이다. 일상에서 난 '숲'과 함께 특히 '결'을 빈번하게 구사하는 편이다. 대화를 나누거나 글을 쓸 때도 이 단어들을 자주 떠올린다.

생명이 있는 것이든 없는 것이든 세상의 모든 것은 나름의 결, 그러니까 바탕과 무늬를 가지고 있다. 살아가는 일 자체가 각자의 결을 가다듬는 과정이 아닐까 하는 생각도 든다.

가장 즐겨 사용하는 단음절 단어는 '결'이지만, 가장 어렵게 느껴지는 건 '알다'의 명사형인 '앎'이다.

앎이란 무엇인가. 안다는 뜻으로 널리 쓰이는 한자 지知의 구조를 들여다보자. 화살 시矢와 입 구口가 결합한 모습이다. 모름지기 참된 앎이란, 상황과 사물의 본질을 화살이 과녁을 꿰뚫듯 명확하게 헤아려 누구나 이해할 수 있는 보편의 언어로 쉽게 설명할 수 있는 것이어야 한다.

사실 '알다'만큼 일상에서 널리 사용되는 동사도 없다. 사람들은 특정한 지식이나 정보를 갖추고 있거나 이해하고 있을 때 흔히들 안다고 말한다. "자전거를 탈 줄 안다" 처럼 일정한 능력을 갖추고 있는 경우에도 안다고 하고, "내가 그 사람을 알아"와 같이 어떤 인물과 안면이 있을 때도 안다는 표현을 꺼내 든다.

다들 다양한 상황에서 하루에도 수십 번씩 대수롭지 않 게 무언가를 안다고 말하기 때문일까.

우리 사회에는 제한적인 정보와 경험에 의존해 성급하게 안다고 단정하거나, 얕은 지식으로 특정 영역의 전문가 를 자처하며 현학적인 이야기를 들려주는 사람들이 넘쳐 난다.

그들의 말을 가만히 들어보면 알맹이가 없거나 현실과 동떨어진 탓에 공허하게 느껴지는 경우가 많다. 몸소 깨 우친 지식이 아니라 타인이 정리해놓은 정보와 개념을 여기저기서 긁어모은 뒤 마치 자기 것인 양 떠벌리는 이 들일수록 더욱 그렇다.

오히려 나는 '모른다는 사실'을 아는 사람, 즉 모르는 걸 모른다고 솔직하게 인정하는 사람의 말에 귀를 기울이게 된다.

적어도 그들은 남을 속이려 들거나 세상에 해악을 끼치진 않기 때문이다.

이른 아침에 산책로를 걷다가 길가에 핀 꽃 한 송이를 집어 들면서 "이제 이 꽃에 대한 모든 걸 알게 됐어!"라는 식으로 말하는 사람은 없다.

뭐든 제대로 알기 위해선 관심을 쏟고 시간을 들여 진득하게 들여다봐야 한다. 몇 번의 계절이 지나는 동안 꽃이 피고 지는 모습을 관찰하지 않고서 꽃을 안다고 말하는 건, 진짜 앎이 아니다. 그저 알고 있다고 여기는 느낌에 지나지 않는다.

질투

남들 앞에선
안 그런 척하지만

몇 해 전, 평소 알고 지내는 출판인들이 만든 소규모 동호회에서 활동한 적이 있다. 회원들은 정기적으로 모여 출판 시장에 대한 의견을 주고받았는데, 여느 모임이 그렇듯 특정인을 겨냥한 험담이 오가는 경우가 왕왕 있었다. 가령 "김 대표 말이야. 돈 좀 벌더니 사람이 변한 것 같아. 우리와 어울리고 싶지 않은지 모임에도 나오지 않잖아!"라는 식으로 말이다.

남의 흠을 들추기 좋아하는 이들은 험담의 표적이 되는 인물 앞에선 눈웃음을 지으며 칭찬을 늘어놓았지만, 당사자가 모임에 참석하지 않을 땐 시시덕거리며 조롱을 쏟아냈다.

"이번에 그 출판사에서 내놓은 책이 대박이 났잖아. 어이가 없어. 어떻게 그런 소설이 잘 팔릴 수 있지? 출판계에 종사하는 사람들 모두 통렬히 반성해야 해!"

"맞아, 하하하."

난 그들이 주고받는 대화를 주의 깊게 듣지 않았다. 내가 앉은 테이블에서 특정인을 향한 험담이 날아다닐 땐 듣는 둥 마는 둥 하다가 약속이 있다며 서둘러 자리를 떴다. 그런 이야기를 잠자코 듣고 있는 것 역시 남을 헐뜯고 비난하는 행위에 동참하는 것과 다름이 없다는 생각이 들었다.

모름지기 험담은 처음에 그걸 생산하는 사람도 문제지만 적극적으로 실어 나르는 사람들 때문에 논란이 되고 누군가 상처를 입는 결과로 이어지는 법이다.

나는 험담의 동조자가 되긴 싫었다. 결국 오래 버티지 못하고 얼마 뒤 모임에서 탈퇴했다.

그들이 남의 흠을 잡아내는 데 사활을 걸었던 이유가 뭘까. 혹시 잘못된 길을 걷는 동료 출판인의 행보를 바로잡으려는 의도는 아니었을까. 아무리 생각해봐도 그건 아닌 듯하다.

험담의 대상이 소위 베스트셀러를 낸 출판사에 국한됐다는 사실을 미루어볼 때, 그들이 침을 튀기며 토해낸 악담과 비방은 순전히 시기심에서 비롯된 것이 아닌가 싶다. 별 볼 일 없던 작은 출판사가 하루아침에 큰돈을 벌었다는 사실이 그들의 질투심을 자극한 것이 분명해 보였다.

사실 모든 사람은 질투의 보균자다.

질투의 감정을 품지 않는 사람은 없다.

남들 앞에서 잘 드러내지 않을 뿐이다.

질투는 다스리기 어려운 감정이다. 질투는 입구를 찾기는 쉽지만 출구가 헷갈리는 건물과 비슷하다.

제아무리 타고난 기질과 성정이 온화한 사람일지라도 질투에 휩싸이게 되면 쉽게 빠져나오지 못하고 평정심을 잃고 만다.

그렇다면 언제 질투의 감정이 마음 밖으로 삐져나오는가? 대부분 사람은 자기보다 터무니없이 큰 의자에 앉은 타인보다, 엇비슷하지만 약간 큰 의자를 차지한 타인을 향해 질투의 감정을 품기 마련이다.

또한, 질투의 화살은 나와 아무런 관계가 없는 사람이 아니라 한때 친밀하게 지냈던 사람을 겨냥해 날아가는 경우가 많다. 상대와 알고 지낸 세월이 길수록 화살촉은 날카로워진다. 질투의 속성이 그렇다.

안부

때론 괜찮다는 말 뒤로
숨고 싶어서

일찍이 프랑스의 한 음식 평론가는 "당신이 어떤 음식을 자주 먹는지 알려주면, 난 당신이 어떤 사람인지 알려주겠다"라는 유명한 말을 남겼다. 음식에 대한 취향이 어떠한지를 알면 개인의 성향을 어느 정도 짐작할 수 있다는 얘기다.

평론가가 남긴 문장에서 '음식' 대신 그 자리에 '단어'를 넣어도 충분히 말이 되지 않을까 싶다. 이런 식으로 말이다.

"당신이 자주 사용하는 단어를 알려주면, 나는 당신이 어떤 사람인지 알려주겠습니다."

개인의 정체성과 그가 자주 사용하는 단어는 무관하지 않다. 어쩌면 우리의 정서와 사유 체계는 우리가 자주 사용하는 단어들로 이루어져 있는지도 모른다.

그도 그럴 것이, 때론 평범한 일상에서 무의식적으로 내뱉는 보편적인 단어 하나가 마음의 상태를 가장 솔직하게 드러낸다. 때론 삶의 문제를 치열하게 고민하는 과정에서 떠올린 낯선 낱말이 미래로 나아가는 데 필요한 길잡이 역할을 하기도 한다.

무의미한 단어는 없다. 우리가 일상에서 자주 읽고 쓰고 발음하고 연상하는 모든 단어엔 각자의 삶이 투영돼 있기 마련이다.

이건 꼭 개인에게만 해당하는 얘기가 아니다. 집단과 민족도 마찬가지다. 공동체의 구성원들이 일상에서 즐겨 사용하는 언어적 표현에는 그들의 정체성과 정서가 일정 부분 깃들어 있다.

예를 들어, 한국인은 안부를 물을 때 음식에 관한 이야기를 자주 꺼낸다. 길을 걷다가 오랜만에 지인을 만나면 "점심은 드셨어요?", "식사 약속 잡읍시다" 같은 이야기를 입버릇처럼 주고받는 이들이 많다.

멀리 떨어져 사는 부모는 자식과 통화하며 "밥은 챙겨 먹었어? 주말에 집에 와서 밥 먹고 가"라고 말하면서 애정과 그리움을 드러내곤 한다.

타인과 다툼을 벌일 때도 먹거리가 대화의 소재로 끼어든다. 누군가와 극심한 갈등을 겪으면 흔히들 "국물도 없다"고 경고를 날린다.

그뿐인가. 우리 속담에는 '목구멍이 포도청', '수염이 석 자라도 먹어야 양반', '금강산도 식후경'처럼 먹고 사는 일의 중요성을 강조한 것이 유독 많다.

한국인의 일상은 물론이고 모든 관계의 시작과 끝에 항상 먹거리가 등장한다. 하기야 사람이 아무리 잘나봤자, 먹고사는 문제 해결을 위해 평생에 걸쳐 애써야 하는 존재가 아닌가. 특히 한국 사회에선 이런 이야기를 제외하고 인생을 논할 수 없다.

한때 가까웠으나 소식이 뜸해진 친구와 최근에 연락이 닿았다. 지금은 내밀한 이야기로 안부를 묻기 어색한 사이인지라 밥이나 먹자는 의례적인 문자를 보냈다.

    – 잘 지내지? 언제 밥이나 먹자.
    – 어, 기주야. 난 잘 지내. 나중에 광화문 근처에서
      얼굴이나 보자.

우린 형식적인 안부 문자를 주고받은 뒤 짧게 통화했다. 난 가정사로 힘든 시간을 보낸 친구에게 위로를 전하고 싶었던 마음에 건강 상태부터 물었다.

"그나저나 몸은 좀 어때? 건강하지?"
"나야 무탈하지. 몸도 마음도 늘 괜찮아!"

친구는 자주 연락을 주고받던 시기에도 괜찮다는 말을 입에 달고 살았다. 괜찮지 않은 상황에서도 늘 빙그레 웃으며 괜찮다고 답했다. 그때마다 괜찮다는 말 뒤에 다른 뜻이 숨겨져 있을 거란 생각을 지울 수 없었다.

'혹시 이 녀석, 걱정을 끼치는 것이 싫어서 괜찮다고 말하는 게 아닐까?'

우리가 안부를 전할 때마다 입에 올리곤 하는 괜찮다는 표현에는 다양한 함의가 감춰져 있다.

사람들은 종종 괜찮지 않은데도 괜찮다고 말한다. 누가 봐도 걱정할 만한 상황이건만 무조건 괜찮다고 둘러댄다. 힘들어도 이를 악물고 버틸 수 있다고 이야기하면서 자기감정을 의식의 바깥으로 처박는다.

아마 상대에게 부담을 주기 싫다는 이유로 속마음을 감추는 것이리라.

우린 전혀 다른 맥락에서 괜찮다는 표현을 마치 연극 대사처럼 읊기도 한다. 타인 앞에서 머릿속에 있는 생각을 당당하게 꺼낼 용기가 부족하거나, 현재 느끼는 감정의 본질이 정확히 무엇인지 깨닫지 못할 때도 우린 미적지근한 소리로 적당히 얼버무린다.

"난 괜찮아…"

이런 까닭에, 한국인의 입술에 달라붙어 있는 괜찮다는 말을 액면 그대로 해석해선 곤란하다. 그 말 뒤에 숨어 있는 생각과 감정을 헤아리기 위해 감각을 활짝 열고 촉수를 곤두세워야 한다. 소중한 사람의 속마음을 알아채지 못한 채 세월을 흘려보내는 것만큼 후회로 남는 일도 없다.

항상 괜찮다고 말하는 친구에게 조만간 다시 안부를 물어야겠다. 주말에 함께 밥을 먹자고 말해야겠다.
그리고 질문해야겠다. 정말 괜찮은 거냐고. 내게는 솔직하게 말해도 된다고.

상상

보이는 것 너머의 세계

삶에 꼭 의미가 있어야 할까? 아니면 그런 게 없더라도
삶을 영위하는 데는 지장이 없을까?

글쎄다. 삶의 의미를 깨달음으로써 자신의 존재 가치를
발견하고 버거운 현실을 견디는 사람도 있지만, 삶의 의
미를 찾아야 한다고 강요하는 타인들 때문에 오히려 인
생이 피곤하다는 이들도 적지 않은 것 같다. 어느 쪽이
옳다고 단언하기 어렵다.

단, 자기 삶의 의미를 명확히 아는 사람과 그렇지 않은
사람 간에 고난을 견디는 능력에선 차이가 있을 수 있다
는 생각은 든다.

나치 수용소에서 살아남은 오스트리아의 심리학자 빅
터 프랭클은 인생의 의미를 발견하고 지켜내는 것이 자

살 충동을 막는 가장 근원적인 조치가 될 수 있다고 몇몇 저서에서 이야기했다. 인간은 본능적으로 의미를 추구할 수밖에 없는 존재라는 주장이다.

정신적 소진 상태를 뜻하는 '번아웃증후군'을 겪는 이들도 비슷한 이야기를 들려준다. 어느 순간 삶의 의미를 잃어버리면서 차츰 우울과 불안의 늪으로 미끄러져 들어갔다고 말이다. 대개 그들은 잃어버린 의미를 되찾으면 삶의 무료함이 사라질 것으로 믿는다. 그래서 예전과는 다른 리듬으로 일상을 누리며 삶의 변화를 꾀한다.

가령, 갑자기 회사에 사직서를 내고 산티아고 순례길을 걸으며 자신만의 시간을 갖거나, 그동안 한 번도 해보지 않은 일과 취미에 새롭게 눈을 돌리는 방식으로 말이다.

솔직히 나도 반복되는 일상이 지루하게 느껴질 때가 더러 있다. 그때마다 아직 내게 일어나진 않았지만 미래의 어느 날 일어날 수도 있는 상황을 실없이 상상하며 무료함에서 벗어나곤 한다.

때론 작가가 아니라 카페 주인장으로 살아가는 일상을 머릿속에 그려보기도 한다. '카페 내부는 어떤 분위기로 꾸밀까? 소장하고 있는 책들을 그곳에 비치해서 카페를

찾는 이들이 자유롭게 읽을 수 있도록 할까?'라는 식으로
상상의 나래를 펼친다.
요즘도 틈틈이 상상의 조각을 모으고 있다. 조각이 뭉쳐
져 언젠가 커다란 덩어리가 되면 그땐 실제로 카페를 열
예정이다. 물론 오랜 기간 실무적인 준비를 해야 할 테지
만 말이다.

가끔은 이면지에 낙서를 하면서 그럴싸한 카페 이름을
구상하기도 한다. 현실적인 제약이 많아 원하는 이름을
그대로 사용하진 못하겠지만, 그래도 이왕이면 내가 쓴
책의 제목을 간판에 새기고 싶다.
아마 카페 이름은 '언어의 온도'가 아니면 '마음의 주인'
으로 정할 듯하다. 그곳에선 내가 직접 커피를 내리면서
독자들과 두런두런 이야기를 나누는 풍경이 펼쳐지지 않
을까 싶다.

어떤 면에서 산다는 건 내가 상상했던 세상으로부터 끊
임없이 배반당하는 과정의 연속일지도 모른다.
상상의 나래를 펼치는 건 누구나 할 수 있지만, 꿈꾸고

상상한 것을 현실로 옮기는 데 성공하는 사람은 소수에
불과하다. 대부분의 상상은 머릿속을 맴도는 노래와 같
아서 시간이 지나면 흔적도 없이 사라지기 마련이다.

그런데도 우린 현실성이 없거나 실현 가망이 부족한 일
을 끊임없이 떠올리며 살아간다. 할 일이 없어서가 아니
다. 무언가를 공상하거나 그것에 닿고자 결심할 때 마음
에서 솟구치는 설렘의 기운으로 현실을 버티고 미래로
전진하기 위함이다.

만약 인류가 상상하는 능력을 잃는다면 어떻게 될까? 아
마 삶에 새로운 숨결을 불어넣기는커녕 인생의 의미를
찾지 못하거나 사소한 어려움 앞에서 쉽게 주저앉을지도
모른다. 앞으로 나아가지 못하는 정체된 삶을 이어갈 수
밖에 없다.

그러므로 우린 상상을 멈추지 않아야 한다. 어두운 터널
을 헤매는 시기일수록 터널 밖의 햇살을 떠올려야 하고,
힘겹게 오르막을 오르는 과정일수록 언덕 너머의 풍경을
상상하며 걸어야 한다. 보이는 것 너머의 세계는, 보이는
세계보다 훨씬 깊고 다채롭다.

소멸

세월 속으로
흩어지는 것들

여기 책을 읽고 쓰는 행위가 금지된 사회가 있다. 레이 브래드버리의 소설《화씨 451》의 배경인 이곳에선 책을 소유하면 범죄자가 된다. 이 디스토피아 세계에선 책이 발견되는 순간 소방관에 의해 불태워진다.

일부 세력이 여기에 반기를 든다. 아무리 뜨거운 불구덩이 속에 책을 던져 넣어도 책에 적힌 지식은 없앨 수 없다고 믿는 사람들이 책을 통째로 암기함으로써 그 내용을 후대에 전달하려 한다. 인간의 기억으로 도서관과 책의 역할을 대신하겠다는 이들의 항거는 과연 성공할 수 있을까?

책 말고도 볼 게 많은 세상이다. 실제로 버스나 지하철에서 책을 읽는 사람을 발견하기가 쉽지 않다. 종이책을 들고 지하철에 몸을 실었을 때 맞은편에서 누군가가 책을 뒤적이고 있으면 묘한 동료의식을 느낄 정도다. 마치 《화씨 451》에 등장하는 저항 세력이라도 만난 것 같은 기분이다.

책의 미래는 어떻게 될까? 조만간 종이책은 전자책 같은 디지털 기술에 함락당하고 말까? 책을 쓰는 사람이자 종이책을 아끼는 독자로서 무척 궁금하다.

갈수록 홀대받는 종이책과는 달리 여전히 자신만의 영역을 꾸준히 고수하고 있는 것이 있으니, 다름 아닌 연필이다. 필기도구로서 그 위상은 점점 낮아지고 있지만 정작 연필을 사용하는 이들은 연필의 쇠퇴나 멸종을 걱정하지 않는다.

평소 난 책을 쓰기 위해 노트북 키보드를 두드릴 일이 많지만 그에 못지않게 연필을 즐겨 사용하고 그만큼 자주 구매하는 편이다. 글이 잘 써지지 않을 땐 컴퓨터 키보드를 아예 책상 구석으로 밀어 넣고 연필로 이면지에 낙서를 하면서 생각을 가다듬곤 한다.

지난주에는 서울 마포에 있는 '흑심'이라는 연필 가게에 다녀왔다. 일상용품 대부분을 온라인 쇼핑으로 구매할 수 있는 시대이지만, 평일 낮임에도 불구하고 연필을 직접 살펴보고 구매하려는 사람들로 작은 공간이 북적였다.

웬만한 문장은 휴대전화나 컴퓨터 자판으로 입력하는 시대인 탓에 연필은 구닥다리 아날로그 제품으로 취급당하곤 한다.

그럼에도 어떤 이들은 손에서 연필을 놓지 않는다. 이유가 뭘까? 일부 전문가들은 이른바 '뉴트로' 바람을 타고 옛것에 관한 관심이 높아지면서 나타난 현상이라고 분석하지만, 내 생각은 다르다.

나는 연필이 지닌 '소멸성'에 주목한다.

종이와의 마찰과 손의 압력을 견디다가 "서걱서걱" 소리를 내며 점점 뭉툭해져서 언젠가는 부스러기로 변해 허공으로 흩어지고 마는 것이 연필의 숙명이다.

시간의 파도에 떠밀리면서 조금씩 소멸한다는 점에서 연필의 생애는 인간의 삶과 묘하게 닮았다.

서로 닮았다는 사실은 두 대상을 동질감이라는 끈으로 연결한다. 그리고 이 끈으로 묶여 있는 한 둘의 거리는 일정하게 유지되기 마련이다.

오늘날 연필을 이용하는 사람들이 여전히 존재하는 데는 둘 사이를 잇는 이러한 동질감이 주된 배경으로 작용하는 게 아닌가 싶다. 달리 말해, 자신과 닮은 것을 가까이 두려는 인간의 마음이 연필의 쇠퇴를 가로막고 있는 건지도 모른다.

시작

극히 일부에 불과한 것

미국 작가 코맥 매카시의 동명 소설을 스크린에 옮긴 영화 〈더 로드〉는 대재앙에서 가까스로 살아남은 사람들의 이야기다. 가족과 평온한 삶을 살아가던 남자 비고 모텐슨는 하루아침에 잿더미로 변한 세상과 마주하게 된다. 사랑하는 아내를 하늘로 떠나보낸 그는 아들 코디 스밋 맥피과 함께 바다가 인접한 남쪽 지역으로 떠나기로 결심한다.

여정은 험난하다. 문명은 파괴됐고 생명체는 대부분 자취를 감췄다. 온통 재로 뒤덮여 누렇다 못해 거무스름하게 변해버린 하늘을 머리에 인 채 남자와 아들은 걷고 또 걷는다.

어떤 날은 아무리 걸어도 몸을 녹일 만한 공간을 찾지 못하고, 어떤 날은 식량을 지키기 위해 낯선 사람들과 목숨을 건 사투를 벌여야 함에도 그들은 걷기를 포기하지 않는다. 계속 길을 따라가다 보면 재앙의 비극에서 비껴 있는 지역이 언젠가 눈앞에 나타날 거라는 믿음의 불씨가, 여전히 가슴에 남아 있기 때문이다.

굶주림과 추위를 피해 시작된 부자父子의 여정은 어떻게 흘러갈까? 천신만고 끝에 바닷가에 도착하는 순간 그들이 마주하게 되는 건 희망일까, 절망일까?

흔히들 시작이 반이라고 말한다. 시작이 그만큼 중요하다는 이야기지만, 나는 이 말에 공감하지 않는다.

시작은 전체를 놓고 볼 때 극히 일부에 불과하다. 약간의 호기심과 남아도는 에너지만 있으면 언제든 우린 어떠한 일과 계획의 첫 단계로 진입할 수 있다.

그에 비해 여러 과정을 밟아가며 끝을 맺는 일은 말처럼 쉽지 않다. 일을 마무리하기 위해선 갑자기 튀어나오는 온갖 문제를 해결해야 한다. 미완인 상태로 마무리를 할 순 없다. 끝을 맺으려면 반드시 해법을 찾아내야만 한다.

예를 들면 책을 펴내는 과정만 해도 그렇다. 주위를 둘러 보면 "내 인생을 책으로 쓰면 한 트럭이야" 하고 호언장 담하는 사람들을 심심치 않게 보게 된다. 하지만 그들 가 운데 실제로 글을 엮어서 물성을 지닌 형태, 그러니까 책 으로 탄생시키는 단계까지 도달하는 사람은 그야말로 손 에 꼽을 정도다.

이는 책을 발간하는 일에만 국한된 이야기가 아닐 것이 다. 어쩌면 우리가 살면서 겪게 되는 모든 일이 그러할지 도 모른다. 시작은 입만 벙긋거려도 할 수 있지만 마무리 는 행동이 뒤따라야 한다.

어느 분야든 남달리 뒤처리를 말끔히 하거나 문제를 잘 매듭짓는 이들이 있기 마련이다. 우리 주변에서 그런 사 람들을 얼마든지 찾을 수 있다.

〈생활의 달인〉이라는 TV 프로그램에는 비록 소박한 일 이지만 부단한 시도 끝에 득도의 경지에 오른 이들이 등 장한다. 처음부터 그들은 끝마무리를 잘 해내는 사람이 었을까?

그럴 리 없다. 중간 과정을 거르고 마지막 단계까지 단번에 도달하는 자는 천재가 아니면 정상적인 사회생활이 어려울 정도로 아주 불성실한 사람이다. 모르긴 몰라도, 특정한 분야에서 달인의 경지에 오른 사람들은 공들인 일이 허사가 되는 단계까지 수없이 가본 이들이 아닐까 싶다.

그들이 달인으로 거듭날 수 있었던 까닭은 단순히 시행착오를 많이 겪었기 때문이 아니다.

아마 그들은 일을 끝마치지 못해 한계에 봉착할 때마다 남보다 깊은 패배감과 좌절감을 맛보았으리라. 그렇기에 달성하지 못한 목표를 언젠가 꼭 이뤄내겠다는 각오를 뼛속 깊이 새긴 채 어디선가 소리 없이 눈물을 흘리며 살아왔으리라.

나는 남다른 감각으로 빠르게 사업체를 키우거나 다방면으로 일을 벌이는 데 능숙한 사람보다 시작한 일을 틀림없이 해내는 사람, 문제가 생길 때마다 해결책과 돌파구를 마련하는 사람이 훨씬 존경스럽다.

난 그들에게서 삶을 배운다. 생활의 달인 같은 사람들 말이다.

냉소

한없이 슬픈 시선

평일 아침이었다. 연예인들이 자주 방문해서 유명해진 어느 카페를 찾아갔다. 이른 시간에 도착해서인지 사람이 많지 않았다. 고요한 분위기 속에서 커피를 마실 수 있을 것 같았다.

나는 커피를 주문하면서 바리스타에게 질문했다.

"안녕하세요. 여기 적혀 있는 원두 있잖아요, 뜨겁게 마시는 게 좋을까요, 차갑게 마시는 게 좋을까요?"

바리스타는 나를 위아래로 훑어보더니 빈정거리는 말투로 답했다.

"평소 드립 커피를 즐겨 드시나요? 커피에 관해 아주 해박한 사람이 아니라면 이 원두는 뜨겁게 마시든 차갑게 마시든 별 차이가 없을 것 같은데요."

뭐지, 이 냉소적인 반응은? 아침에 무례한 손님과 안 좋은 일이라도 있었나? 내가 그 고객하고 말투와 얼굴이

닭기라도 한 걸까? 혹시 이 사람, 종로에서 뺨 맞고 한강에서 눈 흘기는 건 아닌가? 도대체 나한테 까칠하게 구는 이유가 뭐야?

나는 메뉴에도 없는 '불친절함'을 건네받는 것 같아서 기분이 좋지 않았지만, 음료 한 잔 마시러 간 곳에서 친절한 언행까지 제공받으려 드는 것 또한 욕심일지 모른다는 생각에 언짢은 기색을 내비치지 않고 덤덤히 커피 주문을 마쳤다.

인간이 자신의 세계를 지키는 방법에는 크게 두 가지가 있다. 세상을 향한 문을 활짝 여는 것과 반대로 그 문을 굳게 닫아버리는 것이다. 단, 후자의 방법만 고수하는 사람은 심각한 부작용에 시달릴 수 있으니, 언젠가 참담한 외로움에 직면하게 된다는 사실이다.

나는 커피를 주문하고 신용카드를 건네면서 직원의 표정을 슬쩍 들여다보았다. 그는 커피에 대한 모든 걸 알고 있다는 자신감이 서려 있는 표정을 지으며 단단한 안광眼光을 내뿜고 있었으나, 얼음처럼 차가운 그의 눈빛에서 세상의 일부만 보고 다 안다고 착각하는 사람들 특유의 교만과 허식을 읽을 수 있었다.

그의 안광은 얼핏 날카로웠지만, 한편으론 마음속 어딘가에 외로움이 한가득 고여 있을 것만 같았다. 그래서 한없이 슬퍼 보였다.

누차 밝혔듯이 평소 나는 카페를 작업실 삼아 글을 쓰는 편이다. 다만 그런 곳을 드나들 때 굳이 친절을 바라고 가진 않는다.

나 말고도 하루에 수십 수백 명의 사람을 대해야 하는 주인장에게서 매번 환한 미소를 건네받으려 하는 것은 어쩌면 지나친 기대일 수도 있다. 주문을 받는 사람이 너무 쌀쌀맞게 굴지만 않으면 나는 족하다. 때론 지나친 친절도 부담스럽다.

물론 여러 카페를 방문하다 보면 항상 밝은 미소로 인사를 건네는 주인장들도 더러 만나게 된다.

그들은 뭐랄까. 타고난 기질이 온화한 사람들이라기보다 쉬운 길을 두고 일부러 어려운 길을 걸으면서, 남들이 실천하기 어려운 삶의 원칙을 정립한 뒤 그것이 몸과 마음에 스며들도록 애쓴 이들처럼 보인다.

타인을 불친절하게 대하는 건 쉽다. 반면 친절하긴 어렵다. 마찬가지로, 게으른 습관을 버리지 않는 건 쉽다. 부지런히 몸을 움직이는 게 어려울 뿐이다.

공간을 어지럽히는 건 쉽지만 정리하긴 어렵다. 규정을 무시하는 건 쉬운 일이지만 지키긴 어렵다. 남들과 똑같은 걸 만들긴 쉽지만 개성 있는 무언가를 세상에 내놓긴 쉽지 않다. 더러운 걸 발견하고 침을 튀기며 손가락질하는 건 누구나 할 수 있지만 입을 닫고 묵묵히 청소하는 건 아무나 하지 못한다. 편견과 혐오로 세상을 바라보는 건 쉽다. 하지만 균형 잡힌 시선을 유지하기란 너무나 어려운 일이다.

세상 모든 일이 그러할 리는 없겠지만, '하기 쉬운 일'과 '그렇지 않은 일' 사이에 둘을 가로지르는 모종의 경계선이 그어져 있는 경우가 많다.

문제는 부산스럽게 양쪽을 넘나들며 살 순 없다는 점이다. 어느 시점에는 둘 중 한쪽을 선택해야만 한다. 그땐 "지금 당신은 어느 쪽으로 걸음을 옮기고 있나요?"라는 세상의 물음에 반드시 답해야만 한다.

과시

결핍의 산물

몇 해 전 전국에 있는 책방을 순례하면서 부산 기장에 있는 '이터널 저니'라는 곳을 방문한 적이 있다.

서점 근처 카페에 들러 커피를 마시기 위해 자리를 잡았다. 뒤편에 앉은 어르신 몇 명이 자식 자랑을 하는 소리가 들려왔다. 한 어르신이 말했다.

"우리 집 첫째가 집안 자랑이야."

그러자 사람들의 웅성거림에 어르신의 말이 묻히기라도 했는지 다른 어르신이 이렇게 대꾸했다.

"뭐? 첫째가 사랑이라고?"

'자랑'을 '사랑'으로 듣는 건 그리 이상한 일이 아니다. 우린 누군가와 사랑에 빠지면 그 사실을 꼭꼭 감추려 하기보다 주변 사람에게 알리고 싶어 하기 마련이다. 사랑은 자랑과 밀접하게 닿아 있다.

어르신들의 대화가 기장의 해변을 훑는 바닷바람처럼 귓가를 간지럽히는 사이, 난 걸음을 옮겨 '이터널 저니' 안으로 들어갔다.

서가를 기웃거리며 책을 뒤적이고 있는데 누군가 내 뒤통수에 대고 말했다.

"저기요, 혹시 이기주 작가님이신가요?"

"예, 제가 이기주입니다. 안녕하세요."

"하하, 전 출판사를 운영하고 있습니다. 서점을 돌아다니신다는 이야기를 들었는데, 정말이군요. 작가님이 방송 출연이나 언론 인터뷰를 하지 않는 신비주의 전략을 고수하고 계시지만, 눈썰미가 좋은 사람이라면 서점에서 알아볼 수도 있을 것 같아요."

"예? 신비주의라기보다 저는 지금이 편합니다. 얼굴이 덜 알려져야, 지금처럼 자유롭게 서점을 거닐면서 편하게 책을 읽을 수도 있고요."

"하하, 그렇군요. 실례지만, 다음 책은 언제쯤 출간하실 예정인가요? 내년에 저희 출판사에서 책을 내는 건 어떤가요? 선인세는 후하게 드릴게요!"

"예?"

"하하, 이 자리에서 제가 확답을 받으려는 건 아닙니다. 언제 기회가 되면 저희 출판사 사무실에서 차 한잔하면서 이야기하시죠."

그는 다시 만나자고 제안했지만 나는 끝말을 얼버무리며 정확한 대답을 하지 않았다.

"아, 제가 요즘 집필 중이라서요…."

"하하, 좋아요. 아무튼 저희 출판사와 일하고 싶어 하는 작가가 줄을 섰다는 것만 알아주세요!"

"예, 그렇군요."

신인 작가 시절엔 책을 출간할 기회를 잡기 위해 여러 출판사에 원고를 투고하며 문을 두드렸으나, 최근에는 출판사로부터 출간 제안을 받을 때가 많다.

출간 기획안을 확인하고 해당 출판사의 직원에게 직접

연락을 취할 때도 있는데, 때론 괜히 전화한 건가 싶은
순간도 있다. 담당자가 목에 핏대를 세운 채 '국내 최초',
'업계 최고' 같은 표현을 곁들이면서 출판사의 규모와 성
과를 지나치게 자랑하는 경우 특히 그렇다.

난 허세 섞인 말로 거드럭거리는 사람 앞에서 표정 관리
를 하지 못하는 편이다. 특히 처음 만난 자리에서 자신이
이룬 성과와 성취를 필요 이상으로 과시하는 이들을 나
는 신뢰하지 않는다.

단순히 그들이 허풍쟁이라서가 아니다. 지나친 자랑의
밑바닥에는 상대가 누구냐에 따라 다르게 행동하는 이중
성이 깔린 경우가 많다. 상대방이 잘나갈 때는 쓸개라도
떼어줄 것처럼 알랑방귀를 뀌며 접근하지만, 이용 가치
가 사라지면 사람을 투명 인간 취급하면서 안면박대하기
바쁘다.

소셜 미디어만큼 허풍과 자랑이 넘쳐나는 곳도 없다.
한국 사회는 '계층 이동 사다리'에 대한 믿음이 점점 희
미해지고 있다. 그 믿음이 빠져나간 자리에 '경제적 자
유', '파이어족' 같은 단어가 깃든 지 오래다. 인스타그램

과 유튜브에선 '부자가 되는 지름길', '경제적 자유를 얻는 방법' 같은 게시물을 올리며 명품을 자랑하는 이들을 흔히 볼 수 있다. 새삼스럽지도 않다.

그들이 올리는 자극적인 콘텐츠를 볼 때마다 삐딱한 생각이 든다.

어렵게 체득한 성공 노하우를 소셜 미디어를 통해 전파한다고? 혼자만 알고 있지 않고?

단군의 건국 이념인 홍익인간을 몸소 실천하는 마음으로 그런 콘텐츠를 올리는 사람도 있겠지만, 오히려 지나친 과시는 결핍의 산물일지 모른다는 생각도 든다.

어쩌면 그들은 자기에게 부족한 걸 숨기려는 목적으로 작은 성과를 부풀리는 게 아닐까?

정말 경제적 자유를 얻은 사람이라면 자신의 사생활을 쓸데없이 노출하거나 자랑하지 않고 최대한 조용히 살아가지 않을까 싶다.

남보다 많이 이룬 사람은, 남보다 잃을 게 많은 사람이기도 하니 말이다.

경제적 자유를 이루는 방법을 설파하는 사람들은 크게
두 부류로 나뉘는 듯하다.

　1 정말 성공해서 휴머니즘을 실천하는 사람.
　2 홍보를 통해 더 많은 돈을 벌고자 하는 사람.

유감스럽게도 2가 대부분이다. 그들이 앞세우는 구호와
사례는 자기 사업을 홍보하기 위한 미끼인 경우가 많다.
그런데도 우린 종종 그들의 꼬드김에 넘어간다. 대부분
사람은 본인에게 없는 것을 누군가가 손에 쥐고 현란하
게 흔들면, 거기에 정신을 빼앗긴다. 충분히 소유하고 있
는 것이 아니라 부족하거나 아예 없는 그 무엇 때문에 평
정심을 잃고 보기 좋게 현혹당한다.
결핍을 숨기려는 과시 앞에서, 결핍으로 물든 마음이 와
르르 무너지고 마는 것이다. 애처로운 일이다.

유행

세상의 흐름

'다이내믹 코리아'가 아니라 '다이너마이트 코리아'라고 해도 과언이 아닐 정도로 한국 사회는 빠르게 변화한다. 커피 시장만 해도 그렇다. 근래 한국인의 커피 취향에 새로운 변화가 일고 있다. 오랫동안 미국식 커피에 익숙했던 소비자들이 다소 낯선 에스프레소 문화를 빠르게 받아들인 것이다.

소셜 미디어에선 달콤 쌉싸래한 에스프레소를 입안에 털어 넣고 빈 잔을 층층이 쌓은 뒤 사진을 찍어서 올리는 것이 일종의 놀이가 된 지 오래다.

다만 몇 년 뒤에도 '에스프레소 바'의 입구가 그곳을 찾는 사람들로 문전성시를 이룰지는 미지수다. 유행은 돌고 도는 법이니까.

유행, 하면 나로선 《언어의 온도》 이야기를 하지 않을 수 없다. 일부 언론에선 《언어의 온도》를 가리켜 소셜 미디어 덕분에 뒤늦게 재조명받은 이른바 '역주행 베스트셀러'라고 지칭한다.

반은 맞고 반은 틀린 이야기다. 《언어의 온도》를 출간할 무렵에 나는 인스타그램 계정만 있을 뿐 소셜 미디어 활동을 거의 하지 않았다. 책을 출간하고 나서야 내 일상을 담은 사진과 글을 뒤늦게 올리기 시작했다. 팔로워 수는 고작 몇십 명 남짓이었다.

출간 후 몇 달이 지났을까. 온라인이 아닌 오프라인 서점에서 책이 입소문을 타기 시작하면서 판매량이 서서히 증가했다. 책을 읽은 후 인스타그램이나 블로그에 독서 후기를 게시하는 이들도 차츰 늘어났다.

소셜 미디어가 책을 퍼뜨린 것인지, 유행할 만한 잠재력을 지닌 책이 운 좋게 온라인을 통해 전파된 것인지, 아니면 두 현상이 서로 넘나들며 영향을 주고받은 것인지 여전히 잘 모르겠다. 지금 생각해봐도 이 문제는 닭이 먼저냐 달걀이 먼저냐를 두고 따지는 것과 별반 다르지 않다. 하나 마나 한 분석이다.

내가 쓴 책이 어쩌다 유행의 물결에 올라탄 적이 있지만, 역설적으로 나는 온라인에서 일시적으로 주목받는 행동 양식이나 사상, 콘텐츠 등에 민감하게 반응하지 않는 편이다. 유행에 관심이 없는 것은 아니지만 유행을 따라잡기 위해 애쓰진 않는다.

유행을 빠르게 감지하면서 동시대 사람들과 연결되어 있다는 사실을 새삼 확인할 때마다 안정감과 일체감을 느끼는 사람도 많지만, 내게 유행이라는 건 그저 몰라도 그만 알아도 그만인 최신 정보에 불과하다.

유행을 따라잡기 위해 촉각을 곤두세울수록 유행에 대한 의존도가 높아져 거기에 매달리며 살 수밖에 없다고, 나는 생각한다.

무엇보다, 세상의 흐름에 무조건 날 맞추거나 다수의 생각을 맹목적으로 추종하다 보면 '내'가 희미해질 수밖에 없다.

나는 글을 쓰는 사람으로서 이런 상황을 가장 경계한다. 글에서 내가 사라지면 문장의 날개에 해당하는 개성이 사라지고 만다. 날개가 잘려나간 문장은 허공을 가로질러 멀리 날아가지 못하고 화면 속에서 짧은 생을 마감한다.

오히려 난 유행을 타는 것보다 유행과 어느 정도 거리를 둔 채 제자리를 묵묵히 지키는 것에 관심이 많다.

유행하는 건 쉽게 변하지만, 유행하지 않는 건 좀처럼 변하지 않는다. 항구적인 가치와 의미는 대개 변하지 않는 것들 속에 잠잠히 숨어 있다.

편견

늘 형편없이 빗나가는 짐작

"세상사는 관계 속에서 흘러간다. 사람은 생을 마감하기
전까지 사람의 품을 벗어날 수 없다. 사람은 오직
사람을 통해서만 사람 너머의 세계로 나아갈 수 있다."

_《글의 품격》 중에서

택시를 타고 이동하는 길에 라디오에서 흘러나오는 대화
를 들었다. 청취자의 사연을 접하고 연애 상담을 하는 사
회자가 다른 출연자들과 시시덕거렸다.
"다들 동의하지 않을까 싶어요. 어린 시절에 사랑을 많이
받은 사람이 어른이 돼서도 타인과 사랑의 감정을 잘 주

고받는 것 같아요. 안 그래요? 하하!"

그러자 출연자 중 한 명이 퉁명스럽게 대꾸했다.

"정말 그렇게 생각하세요? 전 동의할 수 없어요."

다소 날이 서 있는 출연자의 이야기에 나는 고개를 끄덕끄덕했다. 나 역시 사회자의 말을 듣는 순간 반문하고 싶었다.

"어릴 때 사랑을 듬뿍 받지 않고 자란 사람은 사랑할 자격이 없다는 이야기인가요?"

사랑에 둘러싸여 정서적으로 민감한 시기를 보내는 아이가 그렇지 않은 아이에 비해 안정감을 경험하고, 나아가 사랑이라는 감정에 익숙해진다는 데 이의를 제기하고 싶진 않다. 어쩌면 그건 당연한 일이다.

다만 사랑에 익숙해지는 것과 사랑을 잘 표현하는 것은 다른 문제가 아닐까 싶다. 어릴 때 사랑을 많이 받더라도 훗날 사랑에 서툰 어른이 되는 경우가 있는가 하면, 상대적으로 덜 사랑받고 자랐음에도 사랑을 최고의 가치로 여겨 상대에게 정성을 다하는 소위 '사랑꾼'이 되는 사람도 얼마든지 있다.

단순히 사랑을 받았느냐 안 받았느냐에 따라 사람을 판단하는 것은 일종의 편견일지도 모른다.

더욱이 부득이한 사정 때문에 어린 시절 부모와 떨어져 자란 이들에게, "사랑을 받아본 사람만이 사랑을 줄 수 있습니다" 같은 소리는 자칫 상처가 될 수도 있는 노릇이다.

고백건대, 한때는 나도 누군가를 향해 지독한 편견을 품은 적이 있었다. 때론 그 생각을 머릿속에 간직하지 않고 다른 사람 앞에서 천박하게 꺼내놓기도 했다. "그 사람 일하는 태도가 참 별로인 것 같아요. 그렇게 생각하시죠?"라는 식으로 말이다.

편견이 드물게 적중한 적도 있었으나 대부분은 그렇지 않았다. 내가 색안경을 끼고 바라본 사람과 막상 부대끼다 보면 '첫인상과는 많이 다른 사람이네?'라는 생각이 들 때가 많았다. 그때마다 내가 품었던 편견이 얼마나 형편없는 것인지 뒤늦게 깨닫곤 했다. 부끄러워서 쥐구멍을 찾고 싶은 심정이었다.

알다시피 편견의 사전적 정의는 공정하지 못하고 한쪽으로 치우친 생각이다. 편견을 품지 않는 사람은 없다. 대부분 사람은 자기중심적으로 세상을 바라보며 살아간다. 타인이 겪는 커다란 시련보다 자신이 느끼는 작은 불편함을 훨씬 중요한 문제로 여긴다.

어떤 면에서 편견은 일종의 '심리적 지름길'이 아닐까 하는 생각도 든다.

눈앞에 있는 대상을 빨리 판단하고 상황을 쉽게 확정 짓고 싶어서 머릿속 '편견의 길'로 빠르게 내달리며 치우친 생각을 강화하는 것인지 모른다.

더욱이 편견이라는 좁은 길로 한번 접어들면 타성에 젖

는 경우가 많아서 거기에서 벗어나기도 쉽지 않다.

방법이 없을까? 편견을 극복하거나, 설령 극복하진 못하더라도 편견에 빠져 있다는 사실을 스스로 인식하는 데 도움이 되는 방안은 없는 걸까?

얼마 전 한 유명 건축가의 인터뷰 기사를 읽다가 실마리를 발견했다. 그는 한국인이 자기와 다른 생각을 지닌 사람을 무조건 배척하는 배경에는 물리적으로 접촉할 수 있는 공간이 부족한 탓이 크다고 지적했다.

그러면서 다양한 사람이 한데 모여 뒤섞일 수 있는 공원과 벤치를 늘릴 필요가 있다고 제안했다.

난 그의 주장에 무릎을 쳤다. 우린 누군가를 잡아먹지 못해서 안달이다가도 직접 만나 흉금을 터놓고 이야기를 나누다 보면 기존의 생각을 바꾸기도 한다.

어느 날 갑자기 공원에 벤치가 많아진다고 해서 별안간 편견 없는 사회가 될 리는 없지만, 소통의 장으로 기능하는 공간과 구조물이 지금보다 줄어들면 우리 마음에 침투해 있는 편견이라는 녀석의 덩치가 미래에는 훨씬 커질 수밖에 없다. 그땐 한국 사회를 송두리째 삼켜버리는 괴물로 둔갑해 있을지도 모른다.

05

지나치게 뜨거운 감정의 칼에는
막무가내로 휘두르면
손잡이가 없는 탓에
'나'부터 상처를 입게 된다.

손잡이 없는 칼은
위험하다

감정

물 또는 불

흔히들 물을 가리켜 생명의 근원이라 하고, 불을 일컬어
문명의 토대라고 한다. 이 둘을 어떻게 다루느냐에 따라
인류 문명사가 달라졌다고 해도 과언이 아니다.

인류는 늘 물과 불 아래에 있었다. 지구촌 곳곳에서 벌어
지는 각종 재해 사건을 보라. 대개 물난리 아니면 불난리
다. 인류는 최첨단 과학기술 시대를 살고 있음에도 물과
불 앞에선 여전히 속수무책이다.

그래서인지는 모르겠지만, 때론 물처럼 흐르고 때론 불처럼 타오르는 무수한 감정들 앞에서도 우린 무력하기 짝이 없다. 아무리 냉철하고 신중한 사람도 순간적으로 솟구치는 감정을 다스리지 못해 자신을 위태롭게 만드는 때가 있기 마련이다.

우리 안에서 쉴 새 없이 널뛰는 감정을 거칠게 분류하면, 물처럼 스며드는 것과 불처럼 솟구치는 것으로 나눌 수 있지 않을까 싶다.

가령, 슬픔과 그리움은 '물의 감정'이라 칭할 수 있으리라. 물처럼 흘러넘치는 감정이 가슴 깊이 배어들면 전과 다른 시선으로 세상을 섬세하게 살피게 된다. 눅눅한 감정이 마음의 눈에 맺혀 렌즈 역할을 하는 덕분이다. 그러면 여태껏 보이지 않던 것들이 시야에 들어온다. 마음속에 새로운 풍경이 쌓인다.

마음을 뜨겁게 달구는 분노와 증오는 '불의 감정'이라 부를 만하다. 화가 나면 가슴에 불덩이를 품는 것 같다고 말하는 이들이 있는데, 이는 펄펄 끓어오르는 격정 따위가 마음에 있던 다른 감정을 모조리 불살라서 밖으로 내

보내는 탓인지 모른다. 억눌려 있던 감정이 터져 나오는 순간 내면의 평온함은 깨지고 만다.

그렇다면 사랑이라는 보편적인 감정은 어느 쪽에 속한다고 봐야 할까? 물인가, 불인가. 아니면 물도 불도 아닌 그 무엇인가.

사랑은 물의 감정인 동시에 불의 감정이 아닌가 하는 생각이 든다. 신기하게도 사랑은 때론 우리의 마음을 한없이 부드럽고 섬세하게 만들면서도, 때론 더없이 뜨겁고 단순하게 만들기도 하지 않나.

단언하건대 사랑은 무엇이든 쌓을 수 있고 무엇이든 무너뜨릴 수 있는 유일한 감정이다.

분노

격노의 시대를 사는 사람들

누가 봐도 화가 날 만한 상황에서도 끝까지 평정심을 잃지 않는 사람들이 있다. 그들은 어쩌다 화를 내더라도 위험에 직면해 자신을 방어해야 할 필요성이 있을 때만 적절한 수위와 방식으로 언짢은 감정을 드러낸다. 삶의 에너지를 낭비하지 않아서일까. 평소 그들의 표정은 파도가 치지 않는 바다처럼 잔잔하다.

물론 이런 사람은 극소수다. 본디부터 타고난 성품이 온화하거나 산속에서 도를 닦았다면 모를까, 대부분의 평범한 사람은 가슴 깊은 곳에서 들끓는 분노와 노여움을 다스리는 데 애를 먹기 마련이다.

특히 분노는 마음이라는 집에 불쑥 찾아오는 방문객과 같아서, 언제 어떤 모습으로 나타날지 예측할 수가 없다. 일단 다가오면 등을 떠밀어 내쫓을 수도 없다.

우린 그저 그 객이 언제든 떠날 수 있도록 마음의 문을 적당히 열어놓고 사는 수밖에 없는지 모른다.

하지만 막상 뜨거운 감정에 휩싸이면 마음의 빗장을 걸어 잠그는 사람들이 수두룩하다. 결국 밖으로 빠져나가지 못한 감정이 마음을 점령하는 순간 그 감정이 시키는 대로 행동한다. 감정의 노예가 되고 만다.

지나치게 뜨거운 감정의 칼에는 손잡이가 없는 탓에 막무가내로 휘두르면 '나'부터 상처를 입게 된다는 서늘한 이치를 망각한 채 말이다.

덥고 습해서 불쾌지수가 높은 어느 여름이었다. 이른 아침에 서울 홍대입구역 근처에서 택시를 잡았다.

"기사님, 홍익대학교 정문 부탁드립니다."

순간 기사의 표정이 뜨악하게 굳어졌다. 그는 한숨을 푸푸 내쉬며 말했다.

"휴! 여기서 홍대를 가려고?"

그는 하루 중 처음 태우는 승객이 너무 짧은 거리를 가면 일진이 사납다며 허공에 대고 거친 말을 쏟아냈다. 그가 속사포 랩하듯 내뱉은 비속어들이 택시 안에서 어지럽게 날아다녔다.

평소 같았으면 나도 가만히 있지 않고 "지금 뭐라고 하셨어요?"라고 쏘아붙였을 테지만, 당장 약속 시간에 늦은 데다 오후에 또 다른 일정을 소화해야 했던 터라 요금을 치르고 재빨리 택시를 빠져나왔다.

택시에서 내리면서 나는 지저분한 단어로 범벅된 말의 덩어리를 귀 밖으로 밀어내려고 고개를 흔들었다.

대다수 한국인은 언제든 화를 낼 준비가 되어 있는 것처럼 보인다. 마음속 어딘가에 분노라는 총알이 장전돼 있는 것 같다. 그렇지 않고선 이렇게 순발력 있게 화를 낼 수가 없다.

그도 그럴 것이 다들 작은 일에 발끈한다. 화를 자그시 가라앉히려 애쓰기보다 왈칵 성을 내며 분노를 표출함으로써 문제를 해결하려고 한다. 갈등 앞에서 합리적 해결책을 제시하는 사람보다 무작정 떼를 쓰는 사람이 당당히 목소리를 낸다.

다른 한편에선, 마음속에 켜켜이 쌓아둔 노여움과 화를 해소하거나 표현할 마땅한 통로와 방법을 찾지 못해 가슴을 치며 속앓이를 한다.

그렇다. 우린 지금 '격노의 시대'를 살고 있다고 해도 과언이 아니다.

문제는 이런 사회 분위기 속에서 분노를 푸는 방법으로 불특정 다수에 대한 공격과 혐오를 택하는 이들이 점차 늘고 있다는 사실이다.

아무 이유 없이 생면부지의 타인을 공격하는 '묻지 마 범죄'를 저지르거나 인터넷 공간에서 자신과 다른 의견을 제시하는 사람에게 득달같이 달려들어 악플을 쏟아내는 경우가 대표적이다.

이들은 자기 행동이 논란을 일으키거나 범행이 적발되는 순간 비슷한 변명을 늘어놓는다.

"화가 나는 바람에 그랬습니다. 그런데 전 분노를 잘 조절하지 못하는 편입니다!"

화의 원인과 배경을 구체적으로 지목하지 못하면서 소위

'분노 조절 장애' 때문에 잘못을 저질렀다고 변명하는 사람들을 나는 기이하게 여긴다.

백번 양보해서 그들이 자신의 감정을 통제하는 데 정말 곤란을 겪는다면 마동석 배우나 추성훈 격투기 선수 앞에서도 분노를 표출할 수 있어야 하지 않을까?

어쩌면 그들은 화를 조절하지 못하는 것이 아니라, 자기보다 약한 상대를 골라 뒤틀린 불만과 내면에 축적된 분노를 일시에 폭발시키는 '선택적 분노자'에 불과한지도 모른다. 비굴하기 짝이 없다.

뚜렷한 동기 없이 사회적 약자를 상대로 분노를 표출하는 사람들에겐 어김없이 외로움이라는 형벌이 가해지기 마련이다. 왜냐하면 주변 사람들이 그들을 대할 때 독침을 지닌 전갈로 취급하기 때문이다.

전갈과 함께 강을 건너고 싶은 사람은 없다. 강 한가운데서 물릴 수도 있으니 말이다.

이날 홍대 근처에서 볼일을 보고 귀가한 나는 잠시 휴식을 취한 뒤 다시 집을 나섰다. 한 의료 기관이 마련한 기부자 모임에 참석하기 위해서였다. 원래는 대중교통을 이용하려 했으나, 아침에 택시를 탔다가 겪은 불상사가 떠올라 운전대를 잡았다.

30분 정도를 달려 행사장에 도착했다. 난 TV에 자주 출연해 얼굴이 꽤 알려진 의사와 같은 테이블에 앉았다. 그가 내 책을 읽었다며 스스럼없이 말을 건넸다.

"작가님 책에 '사람의 말 한마디가 의술醫術이 될 수도 있다'는 문장이 나오잖아요. 공감합니다. 비슷한 맥락에서 저도 환자를 진료할 때 '최근 목청을 높여 노래를 불러본 적이 있나요?'라고 묻곤 해요."

나는 흥미가 느껴져 "노래라고요?" 하고 되물었다. 그는 의학적인 접근이라기보다 오랜 세월 병원에서 일하면서 경험을 통해 가다듬은 생각이라며 말을 이었다.

"부정적인 감정이 마음에 누적되면 마음뿐 아니라 몸에도 안 좋은 영향을 줄 수밖에 없다고 생각합니다. 그래서 환자들에게 억눌린 감정이 있는지, 그걸 어떻게 표현하는지 물어보는 거죠."

부정적인 감정을 억누르면 좋지 않다는 건 누구나 안다.

다만 마음에 쌓인 감정의 잔해를 쓰레기 버리듯 내던지
는 게 어디 그리 쉬운 일인가. 난 그의 이야기를 듣고는
마치 고해 성사하듯 말했다.

"사실 저도 마음의 문을 자주 열어서 지나치게 뜨거운 감
정을 밖으로 흘려보내고 싶어요. 하지만 화를 돋운 사람
이나 원인 제공자에 대한 생각을 떨치기가 쉽지 않더군
요. 그들을 용서하지 못해서 마음에 돌덩이를 안고 사는
기분이 들 때도 있고요."

"사실 저 역시도 누군가를 향해 복수의 칼날을 갈던 시절
이 있었어요. 우여곡절 끝에 그를 용서하고 나니 마음이
한결 가벼워지더군요. 그제야 알았습니다. 용서는 분노
와는 달라서, 제대로 할 수만 있다면 딱 한 번으로 족하
다는 사실을 말입니다."

분노에는 나름의 관성이 작용한다. 특정한 상황에서 평
정심을 잃고 크게 성을 내게 되면, 훗날 우린 비슷한 조
건에 직면할 때마다 또다시 화를 쏟아낼 가능성이 높다.
어떻게든 이 고리를 끊어내지 않으면 평생 분노에 끌려
다니며 살 수밖에 없다.

더욱이 인간 내면의 에너지는 무한정으로 흐르지 않는 법이다. 한정적인 것은 귀한 것인데 그걸 오로지 분노를 폭발시키는 데만 사용하다 보면, 정작 '나'를 위해 써야 하는 에너지가 바닥날 수도 있는 노릇이다.

차를 몰아 돌아오는 길. 문득 지난날을 되짚어보았다. 분노를 참지 못했던 순간과 분노의 원인으로 작용했던 일들을 떠올려보았다.

기억 속에서 몇 번의 사건과 몇 명의 얼굴이 빠르게 스쳐 지나갔다. 다만 그때 내가 왜 분노했었는지, 그리고 그렇게 뜨거운 감정을 폭발시킬 정도로 상대가 큰 잘못을 했었는지는 잘 기억나지 않았다. 한때는 내 마음에서 불처럼 타올랐으나 지금은 세월의 저편으로 사라진 분노의 흔적들을 좀체 되짚을 수 없었다.

나는 겸연쩍은 미소를 지으며 후사경으로 내 얼굴을 들여다보았다. 마침 예전에 즐겨 듣던 윤상의 '달리기'라는 곡이 라디오에서 흘러나오고 있었다.

'으음, 최근에 내가 목청껏 소리 내서 노래한 게 언제였더라?'

난 입을 짝짝 벌려 큰 소리로 노래를 따라 불렀다. 그러면서 한동안 마음에 달라붙어 날 지독하게 괴롭혔던 뜨거운 감정들을 육성에 실어서 밖으로 내보냈다.

지적

타인의 삶을 허물기 위해
애쓰는 사람들

"남의 흠결만을 찾기 위해 몸부림치는 사람은 세상에서
가장 불행한 사람인지도 모른다. '내' 삶이 아니라
'남'의 삶을 좇으며 시간의 바깥쪽에서 겉돌면서
평생 제 삶을 허비하기 때문이다."

_《말의 품격》 중에서

바둑 중계를 시청하다 보면 해설가의 입을 통해 "눈앞의
실리만 추구하면 주변이 엷어집니다. 두텁게 두어야 합
니다"라는 문장을 자주 접하게 된다.

'두텁다'는 표현이 조금 낯설게 다가온다. 사전을 찾아보면 신의와 믿음이 굳고 깊다는 뜻으로 풀이돼 있다. 여전히 아리송하다. 바둑에 문외한인 나로선 도통 이해되지 않는다.

나는 헷갈리는 낱말이 있으면 그것과 반대되는 것을 찾아보는 편이다. 그러면 의미를 명확하게 파악할 수 있다. 국립국어원 표준국어대사전 웹사이트에 접속해서 '두텁다'의 반대말을 검색해보니 '얕다' 혹은 '엷다'라고 나온다.

아, 이제 알겠다. 바둑을 둘 때 상대를 공격하는 데만 정신이 팔리면 정작 내 집을 허술하고 엷게 지을 수밖에 없고, 따라서 승부에서도 이기기 어렵다는 이야기가 아닐는지.

이런 이치를 바둑이 아니라 삶에 대입해보면 어떨까. 살다 보면 누구나 자의 반 타의 반으로 타인과 경쟁 관계에 놓일 때가 있다.

이때 그 사람을 견제하고 지적하는 데만 혈안이 되면 스스로를 돌아볼 겨를이 생기지 않는다. 자아 성찰과 자기

객관화를 하지 않는 사람은 스스로 부족한 점을 깨닫지 못하는 탓에, 약점을 보완하거나 삶의 영역을 확장하기는커녕 위기 앞에서 힘없이 무너지기 마련이다. 두터움을 추구해야 하는 건 삶도 매한가지다.

자신의 삶을 두텁게 하려 하지 않고 타인의 삶을 허물기 위해 애쓰는 사람들은 도처에 존재한다.

그런 부류를 먼 데서 찾을 것도 없다. 대화를 나눌 때 "너무 기분 나쁘게 듣지는 마세요"라는 표현으로 말문을 열면서 남을 깎아내리고 상대의 자존심을 건드리는 걸 즐기는 이들이 대표적이다.

"눈을 씻고 찾아봐도 내 주변엔 그런 인물이 없는데요?" 하고 반문하는 사람은 가슴에 손을 얹고 생각해보길 바란다.

등잔 밑이 어두운 법이고, 원래 사람은 제 눈의 들보는 보지 못한 채 남의 눈의 티끌만 탓하지 않나. 어쩌면 바로 당신이야말로 타인을 헐뜯는 데 혈안이 돼 있는 사람일지도 모르는 노릇이다. 물론 내 독자 중에는 그런 사람이 없으리라 생각하지만 말이다.

여하튼 궁금하다. 대부분 사람은 타인에게 간섭받지 않는 삶을 추구하는 것 같은데, 남의 삶에 부당하게 끼어들거나 독기 가득한 지적을 쏟아내며 남의 기분을 망가뜨리는 사람은 왜 이리 많은 걸까? 설마 빈번한 간섭을 관심의 표현이라고 생각하는 걸까?

천만의 말씀이다. 정말 누군가를 염려한다면 조언을 건네기 전에 상대의 기분부터 살펴야 마땅하다.

우리가 매일 접속하는 익명의 비대면 세상에선 지적을 가장한 혐오와 증오의 언어가 부유물처럼 떠다닌다.

2016년 출간한 《언어의 온도》가 뒤늦게 역주행하며 베스트셀러 순위에 진입할 무렵이었다. 어느 날 내 인스타그램에 이런 댓글이 달리기 시작했다.

"이 자식아, 네가 쓴 책은 정말 내 취향이 아니야. 내가 작가라면 이런 책 안 쓴다. 하루빨리 절필해!"

사실 《언어의 온도》를 펴내기 전까진 온라인 공간에서 나에 대한 악플을 찾아볼 수 없었다. 그만큼 작가로서 존재감이 미미했다.

차츰 책이 알려지면서 상황이 변했다. 내 책을 읽는 독자
가 많아질수록 저주에 가까운 악담을 퍼붓는 이들도 늘
어났다. 누가 어떤 목적으로 지저분한 댓글을 남기는지
짐작할 수 없었다. 그런 문장을 볼 때마다 쓴웃음을 머금
으며 황당한 표정을 지었다.
하지만 동요하지는 않았다. 고작 욕설 몇 개 때문에 글쓰
기에 대한 내 열망이 흔들릴 리 없었다.

조금 낯선 것을 보거나 듣는 순간
이해할 수 없음을 인정하는 사람이 있는가 하면
이해할 수 없다는 이유로 비난하는 사람도 있다.

후자의 경우 자기와 다른 것을 포용하지 못하고 타인의
삶을 쉽게 평가하려 든다. 이는 성정과 기질의 문제라기
보다는 포용력을 발휘할 만큼 본인의 마음이 평온하지
못한 탓인지도 모른다.
뒤뚱뒤뚱 흔들리는 배 안에서 밖을 바라보면 세상이 흔
들리는 것처럼 보인다. 갈팡질팡 혼란스러운 마음에서
비롯된 혐오의 언어에는 타당성과 합리성이 결여돼 있기

마련이다. 그런 말에 의기소침해져선 안 된다.

내 삶의 방향키를 내게 우호적이지 않은 사람이 잡도록
내버려두는 건 온당하지 못하다.

악플이 달리기 시작할 즈음 나는 죽기 직전까지 펜을 내
려놓지 않겠다고 굳게 다짐했다. 그날 이후 내 마음속엔
아래와 같은 문장이 진하게 새겨졌다.

'타인이 건네는 칭찬뿐 아니라 비난에도 쉽게 흔들리지
않는 사람이 자기 분야에서 오래 일할 수 있다!'

온갖 욕설이 뒤섞인 악플과는 조금 결이 다르지만, 인터
넷상에서 멘토를 자처하며 남을 함부로 가르치려 드는
이들이 배출하는 지적과 훈계도 온라인 공간의 수질을
흐리기는 마찬가지다.

요즘 인스타그램이나 유튜브에선 '너무 내향적인 사람을
위한 따끔한 지적', '외향적인 사람이 되고 싶으면 당신
의 성격부터 뜯어고치세요' 따위의 게시물을 흔히 볼 수
있다.

나도 우연히 볼 때가 있지만 딱 거기까지다. 내향적이냐,

외향적이냐 하는 것은 기질의 차이일 뿐 우열의 차이가 아니다. 더군다나 개인의 성향은 보는 각도에 따라 다르게 반짝이는 물고기의 비늘과 비슷한 까닭에, 이분법적으로 구분하거나 단편적인 정보만으로 분석한다는 것 자체가 애당초 어불성설이다.

그러니 이러쿵저러쿵 훈수를 두지 말고 그냥 내버려두었으면 좋겠다. 대부분은 알아서 자기 방식대로 잘 살아가지 않나.

지적에는 '콕 집어서 가리키다'라는 뜻이 담겨 있다. 지적의 언어는 간결하고 명료해야 한다.

그런데도 어떤 이들은 남의 허물을 발견하는 순간, 적을 보자마자 무턱대고 칼을 뽑아 드는 병사처럼 자신의 혀를 이리저리 휘두르며 지적을 쏟아낸다.

왜 그렇게 행동하는 걸까? 자신의 상식이나 화술이 남보다 뛰어나다고 여기기 때문일까?

내 생각에 그들은 말을 잘하는 게 아니라 오히려 제대로 할 줄 모르기 때문에 타인을 향한 지적질을 멈추지 못하는 게 아닌가 싶다.

말을 잘하는 사람은 대화를 나눌 때 자기 생각과 감정을 군더더기 없이 표현한다. 누군가를 지적할 때도 마찬가지다. 상대의 기분을 언짢게 하지 않으면서 부득이 고쳐야 하는 점만 콕 집어 말한다. 언어를 낭비하지 않는다. 이와 달리 언력言力이 부족한 사람은 생각과 감정을 있는 그대로 드러내지 못하는 탓에 필요 이상으로 많은 말을 토해낸다. 남을 지적할 때도 간결하게 말하면 될 것을 쓸데없는 설명을 덧붙여 말의 꼬리를 길게 늘어뜨린다.

상대의 허물을 발견하는 순간 습관적으로 지적을 늘어놓는 사람은 말을 잘하는 사람도, 뒤끝이 없는 사람도 아니다. 그들은 말을 능숙하게 하지 못하는 사람이며 스스로에 대한 이해가 부족한 사람이다.
한마디로, 자신을 잘 모르는 사람이다.

조언

잘 모르면서 안다고
말하는 사람들

최근 지인에게서 조언을 좀 해달라는 연락을 받았다. 나는 조언하지 않았다. 내가 잘 모르는 분야이기도 하거니와 영양가 있는 조언을 해줄 수 있는 깜냥이 내겐 부족하다는 생각이 들었기 때문이다.

문득 떠오르는 기억이 있다. 졸업 후 언론사에 입사해 사회생활을 시작할 무렵이었다. 한 선배에게 회사 생활과 관련해 조언을 부탁했다. 그는 냉정하게 말했다.

"기주야, 너 요즘 직장 생활이 편하니? 일하기 편해서 그런 한가한 고민에 빠져 있는 거야?"

평소 대화가 잘 통한다고 생각했던 선배의 입에서 왜 쌀쌀맞기 그지없는 말이 튀어나왔는지 나로선 알 수 없었다. 후배의 안이한 사고방식에 경종이라도 울리고 싶었던 걸까. 아무튼 그는 한 시간 동안 일방적인 설교를 쏟아냈다.

선배의 쓴소리에 적잖이 위축된 나는 한동안 회사에서 어깨를 굽히고 다녔다. 좋은 약은 입에 쓰다는 속담을 신봉하던 내 마음에도 금이 갔다.

지금 생각해보면 선배의 조언에 악의가 담겨 있었던 건 아닌 것 같다. 그는 그저 선배로서 그럴싸한 이야기를 해줘야 한다는 사명감에 젖어서 조언을 늘어놓은 게 아닌가 싶다.

이와 비슷한 상황이 몇 년 뒤 일어났다. 이번엔 처지가 바뀌었다. 회사의 한 후배가 앞으로 어떻게 경력을 관리하면 좋을지 내게 조언을 구했다.

나는 후배의 기대에 부응해야 한다는 부담감 때문에 입에 침을 튀기며 장황한 이야기를 늘어놓고 말았다. 실은 그 후배와 마찬가지로 앞날에 대한 고민을 가득 안고 살아가고 있으면서 말이다.

그날 이후 누군가 내게 간곡히 조언을 부탁하더라도 이래라저래라 간섭하기보다 그 사람의 이야기를 가만히 듣고 있거나 적절히 대꾸만 했던 것 같다.

나보다 어리고 경험이 부족한 사람 앞에서도 함부로 충고하지 않았다. 솔직히 나도 인생이 버거울 때가 있는데 무슨 수로 타인의 고민을 단박에 해결해줄 수 있다는 말인가.

물론 타인의 진심 어린 조언이 필요한 순간도 분명히 있다. 혼자선 파악할 수 없고 혼자만의 힘으로는 헤쳐 나갈 수도 없는 '인생의 사각지대' 같은 것이 누구에게나 존재한다. 하지만 우리가 일상에서 직면하는 난관과 역경 가운데 타인의 조언 몇 마디로 해결되는 경우는 극히 일부에 불과하다.

대개의 경우, 조언의 효력은 제한적이다.

우린 살아가면서 다양한 사람을 만나 이야기를 나눈다. 때론 대화라는 창문 밖으로 고개를 내밀어 타인의 일상을 엿보는 데 그치지 않고, 그 사람의 인생에 끼어들고 싶은 충동에 사로잡히기도 한다.

이때 아무리 입이 근질근질해도 함부로 조언하지 않는 사람이 있는가 하면, 개중에는 본인이 이룬 성취와 사회적 지위 따위를 내세우면서 조언을 남발하는 사람도 있다. 대체로 이들은 다른 사람보다 자기가 여러 면에서 비교 우위에 있다고 여기는 경향이 있다.

난 긍지감이나 자부심을 표현하는 걸 넘어, 우월감에 빠져 조언을 쏟아내는 사람과는 적당히 거리를 두고 지내는 편이다. 스스로 우월하다는 인식에서 비롯된 조언에는 상대에 대한 존중이 결여돼 있기 때문이다.

무엇보다, 나를 존중하지 않는 사람이 건네는 말에 진심이 담겨 있을 리 없다.

몇 해 전 《마음의 주인》 출간을 준비하던 때였다. 교보문고 광화문점에서 책을 읽고 있는데 중년의 남자가 인사를 건넸다.

"저기, 혹시 이기주 작가님?"

"예, 안녕하세요."

"전 출판사에서 마케팅 업무를 하고 있는데요, 듣자 하니

새 책을 준비하신다고요?"

"예, 산문집을 준비하고 있습니다만…."

"전작이 베스트셀러가 됐으니 신작에 대한 부담도 적지 않을 것 같네요."

"글쎄요. 욕심이 아예 없다면 거짓말이지만 머릿속에서 베스트셀러라는 단어를 지운 지 오래입니다. 욕심을 채우기 위해 무리할 생각도 없어요. 그래서 크게 부담을 느끼지도 않습니다."

"에이, 솔직하게 말씀하셔도 돼요. 아무튼 제가 이 분야에서 작가님보다 오래 일하기도 했고 또 아는 것도 많을 테니 조언을 좀 드리고 싶은데요, 이미 크게 성공하셨으니 앞으로는 마음을 비우고 책을 쓰셔도 좋을 듯해요. 작가님의 능력을 못 믿어서가 아닙니다. 업계에 경쟁자가 많습니다. 다들 작가님을 견제하고 있어요. 하여간 출간 작업 잘 마무리하시고요. 파이팅!"

"아, 예…."

나는 띄엄띄엄 던지고 받는 헐거운 대화를 마치고 서점을 빠져나왔다. 그가 조언이랍시고 건넨 "마음을 비우세요"라는 말이 귓가에 쟁쟁했다.

큰일을 앞두고 마음을 비우는 게 현명한 태도라는 데 동의하지 않는 사람은 없으리라.

다만 욕심과 잡생각을 밖으로 밀어내는 것이 말처럼 쉬운 일인가. 정작 그런 조언을 하는 사람 가운데 실제로 마음을 비우며 사는 사람이 얼마나 될까 싶다.

마음을 비우라는 조언이 늘 보탬이 되는 것도 아니다. 마음에 들어차 있는 걸 덜어내 텅 빈 백지상태로 만들어야 한다는 부담감 때문에 오히려 마음에 힘이 들어가는 경우도 적지 않다.

조언을 건네받는 사람의 마음이 도리어 무거워진다면 그건 애당초 안 하느니만 못한 조언이 아닐까.

짐을 짊어지고 사막을 횡단하는 낙타의 등에 작은 지푸라기 하나를 얹어 견딜 수 있는 한계치의 무게가 조금만 초과해도, 낙타는 그 자리에서 맥없이 쓰러지고 만다. 사람의 마음도 매한가지다. 타인의 지나친 관심에서 비롯되는 쓸데없는 조언 때문에 우리의 마음은 종종 쇳덩이처럼 무거워진다. 불필요한 조언을 삼가야 하는 이유다.

절실

오르막에서만
작동하는 엔진

영화 〈시네마 천국〉의 주인공 토토_{살바토레 카시오}는 학교 수업을 마치면 광장에 있는 낡은 극장으로 달려간다. 토토는 그곳에서 영사 기사 알프레도_{필리프 누아레}와 우정을 쌓으며 영화의 매력에 빠져든다.

청년이 된 토토는 넓은 세상에서 더 많은 걸 경험하라는 알프레도의 권유에 따라 고향을 떠나기로 결심한다. 극장 화재로 시력을 잃은 알프레도는 기차역에서 토토를 끌어안으며 고향을 돌아보지 말라고 당부한다.

그는 토토가 자신보다 나은 삶을 살았으면 하는 바람에서 모진 이야기를 쏟아낸다.

"토토, 돌아와선 안 돼. 깡그리 잊어버려야 해. 편지도 쓰지 마. 향수에 빠져선 안 돼. 잊어버려. 만일 못 참고 돌아오면 다신 널 만나지 않겠어, 알겠지?"

영화 속 알프레도처럼, 절박한 마음을 품는 사람만이 삶의 목표에 다가갈 수 있다고 주장하는 이들이 있다. 일리가 아예 없는 이야기는 아니다. 꿈과 목표를 성취한 모든 사람이 지난날 절박했던 사람은 아니지만, 어떤 세계는 간절함이 없으면 결코 도달할 수 없다.

절실함은 곧 진정성이며, 진정성은 삶의 역경을 헤쳐 나가게 해주는 원동력이자 엔진으로 작용하곤 한다.

최근 한 일간지에서 어느 소설가의 인터뷰 기사를 읽다가 절실함에 대해 언급한 문장에 밑줄을 그었다. 그는 배가 부르면 글이 잘 안 써지기 때문에 하루에 두 끼만 먹는다고 말했다.

적당한 공복감을 느낄 때 글이 잘 써진다는 뜻일까? 그게 아니라 일상이 너무 만족스럽고 안락하면 절실함이 사라진다는 말을 하고 싶었던 게 아닌가 싶다.

실은 나도 비슷한 생각을 한다. 창작자에게 너무 고달프지 않은 적당한 배고픔은 일종의 연료와 같다. 절박한 마음으로 창작에 뛰어드는 창작자일수록 자기 안의 감각을 깨워 예리한 감성을 발휘하곤 한다.

절실함이라는 녀석이 우리 마음에 항상 달라붙어 있으면 좋겠지만 그럴 리가 없다.

창작자는 물론이고 배우와 가수처럼 대중의 인기를 먹고 사는 이들의 경우 무명 시절에는 다들 절실한 심정으로 일에 뛰어들곤 하지만, 어느 정도 인기를 누리게 되면 그간 움켜쥐고 있던 삶의 고삐를 느슨하게 풀기 마련이다. 자연스레 절실함이란 단어가 마음에서 자취를 감추고 만다.

그렇다면 대중적으로 성공을 거둔 이후에도 안락함을 누리지 않고 스스로를 곤궁한 형편으로 밀어 넣으면, 절실함이라는 엔진을 계속 사용할 수 있을까?

글쎄다. 마음을 그렇게 먹는 사람도 간혹 있겠지만, 그런 결심을 실천하는 사람은 드물지 않을까 싶다.

절박한 마음은 오직 오르막길에서만 작동하는 엔진이다.

맨 꼭대기에 있을 때는 물론이고 특히 내리막에선 돌아가지 않는다.

절실함이라는 엔진이 쉼 없이 움직이면 그걸 품고 있는 마음마저 과열될 수밖에 없다. 언젠가는 마음이 한 방에 터져버릴지도 모른다.

정상에서 내려와 비탈진 곳으로 접어들기 전에 간절함을 대체할 만한 무언가를 미리 찾아놓아야 한다.

같은 길이라도 내려가는 속도는 올라가는 속도보다 빠른 법이다. 게다가 내리막길에선 시야가 좁아져 평소 잘 보이던 것도 눈에 들어오지 않는다. 그러므로 정상을 향해 나아갈 땐 앞만 보지 말고 주위를 두리번거리면서 절실함을 대신할 수 있는 걸 물색해야 한다. 뒤늦게 대안을 모색하면 때를 놓치게 된다.

후회

선택의 부산물

"난 후회 없이 산 것 같아."

인생의 황혼기에 접어들었거나 평생 한 분야에서 부침을 거듭한 인물이 이런 이야기를 들려주면, 그땐 누구라도 고개를 끄덕이기 마련이다. 그 사람의 말을 온전히 믿어 서가 아니다. 후회 없는 삶을 사는 것이 쉽지 않다는 걸 다들 알고 있기 때문이다.

살면서 우린 크고 작은 선택의 갈림길에 놓이게 된다. 무언가를 선택하기도 쉽지 않지만 그보다 더 어려운 건 선택 이후의 과정이 아닐까 싶다. 우여곡절 끝에 선택의 고비를 통과해 낯선 길로 접어드는 순간 어김없이 후회라는 장애물과 마주하게 된다.

한마디로, 후회는 선택의 부산물이다. '내가 그런 선택을 하는 게 아닌데'라는 생각이 뒤따르지 않는 선택이란 존재하지 않는다.

후회에 발목이 잡히는 순간 우리의 머리와 마음에선 용기와 두려움이 다툼질을 벌인다. 용기가 두려움을 매번 물리칠 수 있는 건 아니기에 때때로 우린 세월을 헛되이 보내거나 삶의 여정에서 길을 잃기도 한다.

후회라는 벽으로 둘러싸인 감옥을 벗어나려면 어떻게 해야 할까?

아이러니하게도 또 다른 선택의 문을 통과해야만 한다. 더 깊이 후회할지, 아니면 새로운 길로 접어들지를 두고 어느 쪽이든 택해야 한다. 선택의 문을 열어젖혀야만 우린 후회에서 빠져나올 수 있다.

떼돈

별안간 큰돈을 쥐게 되면

새만 알을 깨고 나오는 것이 아니다. 돈도 알을 깨고 나온다. 물론 돈이 부스러뜨려야 하는 알은 기존의 낡은 제도나 많은 사람이 겪는 불편함일 테지만 말이다.

먼 옛날 강원도 정선 일대에서 활동하던 상인들은 돈을 뒤덮고 있는 알을 단숨에 깨트렸다. 그들은 강에 뗏목을 띄워 목재를 수송했는데, 당시로선 혁명적인 운송 방법이었다. 이를 통해 상인들은 큰돈을 벌었다. 여기서 '떼돈'이란 말이 유래했다는 설이 있다.

예나 지금이나 별안간 큰돈을 쥐게 된 사람이 있다는 소문이 돌면, 무슨 콩고물이라도 없나 싶어 여럿이 떼를 지어 몰려들기 마련이다.

아마 정선에서 뗏목을 엮어 부를 축적한 상인들 주변으로도 많은 이들이 면전을 기웃거리며 아첨을 늘어놓았으리라. 하지만 인맥을 맺거나 유지하는 데 돈이라는 매개체가 늘 긍정적으로 작용하진 않는 법. 모르긴 몰라도, 당시 상인 중 일부는 평소 가깝게 지내던 사람과 돈 문제로 갈등을 겪지 않았을까 싶다.

이쯤에서 상상력을 발휘해보자. 어쩌면 이런 대화가 오갔을지도 모른다.

"목재를 수송해서 큰돈을 만지게 됐다는 이야기를 들었네. 축하하네. 참, 내가 홍수 때문에 올해 농사를 망쳐서 국세를 납부하지 못하고 있네. 급전을 구하고 있는데 좀 도와주면 안 되겠나? 친구끼리 돕고 살아야 한다고 자네가 늘 강조하지 않았나."

"으음, 몇 해 전에 목재를 사들일 돈이 부족해서 자네한테 빌려달라고 했던 일을 기억하나? 자네가 내 부탁을 매몰차게 거절했지. 그때 생각했네. 우리가 오랜 세월을 친구로 지내긴 했지만, 앞으로 돈거래는 하지 않는 게 좋겠다고 말일세."

"이런, 자네 떼돈을 벌더니 변한 것 같군!"

궁금하다. 정말 큰돈을 벌면 사람이 쉽게 변하는 걸까?
아니면 떼돈을 번 사람을 우리가 예전과 다른 시선으로
바라보면서 함부로 판단하는 것인가?
돈 때문에 사람이 하루아침에 달라지는 경우도 물론 있
겠지만, 그보다는 개인의 본성과 기질을 돈이 환하게 밝
혀주는 게 아닌가 싶다.
마치 연극 무대에서 홀로 방백을 하는 배우가 조명을 한
몸에 받아 얼굴이 뚜렷하게 보이는 것처럼 말이다.

인간이 천 개의 페르소나를 갖고 있고 상황에 따라 꺼내
쓴다는 구스타프 융의 말은 널리 알려져 있다.
그의 말대로, 현대인은 욕망과 본성을 적나라하게 드러
내기보다 각자의 가면으로 적당히 가리고 살아간다. 사
회적 규범이나 질서에 순응하기 위함이다.
가면으로 감춘 본모습과 가면의 생김새가 현격히 차이가
나면 스스로 혼란에 빠지게 되지만, 그 격차를 줄이거나
가면을 잘 간수하는 사람 중에는 사회적으로 성공하는

이도 있기 마련이다.

단, 가면은 말 그대로 얼굴을 덮는 물건에 불과하다. 가면은 얼굴을 완벽히 감쌀 수는 있지만 얼굴 자체가 될 순 없다. 가면과 얼굴 사이가 조금만 들떠도 돈이라는 바람이 그 틈을 매섭게 파고든다.

특히 떼돈이 한바탕 휩쓸고 지나가면 얼굴에 씌워져 있던 가면은 허무하게 떨어져나간다. 가면이 홀러덩 벗겨지면 꼭꼭 숨겨져 있던 맨얼굴이 드러난다. 그러면 "돈 좀 벌더니 그새 사람이 변한 것 같아"라는 뒷담화에 시달리게 된다. 누구도 예외가 없다.

욕심,

내려놓아야 하는 것과
그렇지 않은 것

먼 옛날 어느 산골에 사찰이 있었다. 과거 시험에 여러 차례 낙방한 선비가 글공부를 포기하고 종교에 귀의하고자 홀로 그곳을 찾았다. 사찰의 주지승은 입구에서 선비를 훑어보더니 고개를 절레절레 흔들었다.

"여보게, 가지고 온 것 모두 내려놓고 들어오게!"

"예? 전 빈손으로 왔습니다만…."

"빈손이라고?"

"전 아무것도 없습니다. 모든 걸 포기했어요. 그런데 무엇을 내려놓으란 말입니까?"

"그래? 그럼 계속 들고 있게나. 허허."

저성장의 골이 깊어지면서 개인으로선 넘기 힘든 거대한 벽이 사회 각 분야에 갈수록 높게 세워지고 있다.

그래서일까. 미래에 다가올지도 모르는 커다란 행복을 막연히 기대하는 대신 당장 누릴 수 있는 소소한 행복에서 일상의 돌파구를 찾는 이들이 점점 늘고 있다.

우화 속 주지승처럼 "욕심을 내려놓고 사세요"라는 말을 주변 사람과 주고받는 이들도 넘쳐난다. 너무 애쓰지 말라고, 기대와 욕심 따위는 내려놓으라고, 걸음을 늦추고 시선을 낮추라고, 장밋빛 미래에 대한 과도한 기대를 마음에서 걷어내라고.

나도 이런 말을 귀에 딱지가 앉을 정도로 자주 듣는다. 하지만 내려놓는 것이 말처럼 쉬운 일인가. 누구나 쉽게 행할 수 있는 것이라면, 책과 강연을 통해 "내려놓아야 마음이 편안해집니다!"라고 설파하는 사람들이 지금처럼 넘쳐나지도 않을 것이다.

욕심을 버리라는 당부가 모든 사람에게 도움이 되는 것
도 아니다. 예컨대 특정 분야에서 괄목할 만한 업적을 이
룬 유명인이 초심자들을 대상으로 한 강연에서 "너무 욕
심을 부리면 안 됩니다. 다들 현재의 삶에 만족하며 사세
요"라는 식으로 말하는 경우가 있다.

이런 얘기는 "너무 아등바등 살지 마세요. 요즘은 꿈을
이루기 어려운 세상이니까요"라는 말처럼 들릴 수도 있
는 노릇이다. 자칫 듣는 이의 의욕과 도전 의식을 꺾을
수 있는 이야기다.

이쯤에서 누군가는 이렇게 물어볼 수도 있으리라.

"그러니까, 이기주 작가는 욕심을 내려놓았다는 겁니까?
아니면 여전히 욕심을 좇으며 아등바등 살고 있다는 얘
기인가요?"

만약 면전에서 이런 질문을 받는다면 나는 아래와 같이
답하련다.

"사실 전 언제부턴가 내려놓기라는 것 자체를 내려놓았
습니다. 소위 내려놓는 삶을 살기 어렵다는 걸 인정하고
부터 그랬던 것 같아요. 아무튼 전 도저히 마음에서 비울

수 없는 걸 억지로 비워내기 위해 에너지를 낭비하지 않습니다. 가끔은 내려놓아야 하는 것인지 아닌지 헷갈리는 경우가 있는데, 그땐 흰 종이에 제가 욕망하는 것들의 목록을 빼곡히 적습니다. 그런 다음 포기할 수 있는 욕망이라고 여겨지는 것엔 연필로 가위표를 그려놓으면서 마음 밖으로 밀어냅니다. 단, 포기할 수 없는 욕망이라고 판단되면 밑줄을 쭉 긋고, 동시에 마음에도 밑줄을 그으면서 실현 방안이 있을지 궁리하기 시작하죠. 전 그걸 향해 나아갑니다."

소유

시작은 있지만 끝이 없는 여행

누구나 갖고 싶은 게 있기 마련이다. 문제는 그걸 움켜쥔다고 해도 소유욕이 사라지지 않는다는 데 있다. 몸과 마음을 뻗어 원하는 걸 손에 넣으면 우린 그것과 계통은 비슷하지만 더 크고 빛나는 걸 또다시 원하게 된다. 소유는 출발지만 있고 도착지가 없는 여행이다. 갖고 싶은 것에 닿는 순간 결과적으로 그것은 영영 가질 수 없는 것이 되고 만다. 이 서글픈 이치를 받아들여야 믿음과 배신이 엉켜 있는 사람살이, 성취와 좌절이 분분한 세상살이를 견딜 수 있다.

황금

쇠도끼 혹은 금도끼

먼 옛날, 친구 사이인 두 청년이 숲속에서 누가 더 오래 버티는지를 두고 내기를 했다. 그들은 속세와 인연을 끊고 늦가을에 입산했다. 해가 지기 전에 청년들은 땔감을 마련해야 했다. 나무를 하러 가는 길에 숲의 신령이 그들을 막아섰다.

"너희는 어떤 연유로 이곳에 들어왔느냐?"

두 청년은 그럴듯한 대답을 둘러댔다.

"산에서 모든 욕심을 내려놓고 도를 닦으려 합니다. 다른 목적은 없습니다."

"좋다. 내가 그 말을 믿어보겠다. 다만 이곳에선 도끼를 한 자루씩만 소유할 수 있다. 오늘 너희에게 선물로 줄 테니 고르도록 해라. 여기 쇠로 만든 도끼와 황금으로 만든 도끼가 있다. 어느 걸 선택하겠느냐?"

청년들은 각기 다른 도끼를 선택했고 숲속 반대편에서 각자 겨울을 나기로 했다. 둘은 이구동성으로 외쳤다.

"내가 더 오래 버틸 거야!"

이윽고 매서운 겨울이 닥쳐왔다.
산 전체가 하얀 눈으로 뒤덮였다.
몇 달 뒤 겨울이 세월 속으로 흩어졌다.
마침내 따뜻한 봄이 밀려왔다.

겨우내 얼었던 땅이 녹기 시작했다. 나무로 엮은 움막에서 쇠도끼를 쥔 청년이 터덕터덕 걸어 나왔다. 청년은 눈이 부신지 손차양을 하고 하늘을 올려다보았다. 그는 친구를 찾기 위해 온 산을 뒤졌다. 며칠 뒤 숲속 한가운데에서 친구의 백골을 발견했다. 백골 옆에는 주인을 잃은 금도끼가 햇살에 반짝이고 있었다.

사정은 이랬다. 쇠도끼를 선택한 청년은 겨울을 무사히 날 수 있었으나, 금도끼의 주인은 그러지 못했다. 도끼가 너무 무거워서 제대로 들어 올릴 수 없는 탓에 도끼질로 나무를 패거나 찍어 넘길 수 없었다. 당연히 땔감조차 마련할 수 없었다.

그나마 초겨울엔 나뭇가지를 주워 불을 피웠으나 혹독한 추위가 밀려오자 더는 버티지 못했다. 마침내 한기가 뼛속으로 스며들었다. 부러질 듯 삐걱대던 그의 뼈는 얼마 못 가 산산이 부서졌다.

결국 그는 도끼질 한번 제대로 해보지 못하고 굶어 죽었다. 황금 도끼를 손에 쥐고서….

06

지금보다 나아질 거라는 믿음으로

단순한 기다림 이상의 의미를 지닌다.

마음을 떠받치며 현재를 견디는 일은

저마다 다른 짐을
어깨에 지고 살아간다

변화

다가오는 것과 사라지는 것

다이어트를 위한 것이든 불의에 항거하기 위한 것이든 단식은 인내와 절제가 필요한 일이지만, 카프카의 소설 《단식 광대》의 주인공에겐 단식만큼 쉬운 일도 없다. 그는 입맛에 맞는 음식이 없다는 이유로 단식을 식은 죽 먹기처럼 한다.

소설 속 광대는 아무것도 먹지 않고 수십 일을 버티는, 이른바 '단식 쇼'로 한때 전성기를 구가했다. 하지만 시대가 변했다. 사람들은 더 이상 인간이 주인공으로 등장하는 쇼에 관심을 보이지 않는다. 오히려 혐오감을 드러낸다. 광대가 시대의 변화에 적응하지 못하는 사이, 결국 맹수가 그의 자리를 대신한다. 사람들은 동물 쇼에 환호를 보낸다.

변화무쌍한 세상이다. 우리를 둘러싼 모든 것이 빠르게 변화한다. 유일하게 변하지 않는 건, 변하지 않는 게 하나쯤 있었으면 하는 우리의 마음뿐이다.

얼마 전 나는 일상에서 사소하다면 사소한 한 가지 변화를 시도했다.

코로나19가 창궐하기 전까지만 해도 집 근처 마트에서 어머니와 함께 식재료를 구입했다. 어머니가 코로나19 후유증을 앓으면서 사정이 달라졌다. 불편한 몸 때문에 외출이 쉽지 않은 어머니 대신 내가 장을 봐야 하는 날이 많았는데, 둘이 하던 일을 혼자 하려고 하니 어딘지 모르게 허전한 느낌이 들었다. 마트에 가는 일 자체가 내키지 않았다.

나는 궁리 끝에 신선 식품 배송 플랫폼 중 하나인 '마켓컬리'를 이용하기로 했다. 식재료를 구매하는 방식을 바꾸기로 한 것이다.

이날 난 스마트폰에 마켓컬리의 앱을 설치한 뒤 어머니와 함께 소파에 앉아 휴대전화 화면을 응시하면서 어떤 먹거리를 구매할지 의견을 나누었다.

"기주야, 이 고등어 있잖아. 사진과 실물이 아주 다르진 않겠지?"

"저도 잘 모르겠어요. 일단 한 마리만 사볼까요?"

"으음, 그게 좋겠다. 아무튼 내가 병원 치료를 빨리 마쳐야 예전처럼 함께 마트에 가서 물건을 직접 보고 고를 수 있을 텐데…."

일부 뇌공학자는 인간의 뇌가 변화에 저항하도록 설계되어 있다고 주장한다. 인간은 본능적으로 변화를 회피하고 안정을 추구한다는 것. 하지만 살면서 한 번도 변화의 소용돌이 속으로 빨려 들어가지 않는 사람은 없다. 때로 우린 현상을 유지하는 데서 벗어나 자의든 타의든 커다란 변화의 물결과 마주해야 한다.

여기엔 크게 두 가지 흐름이 있다. 우선 외부에서 내 쪽으로 밀려오는 밀물 같은 변동이 있을 것이다. 이런 흐름 앞에서 설렘을 느끼는 이들도 있지만, 대개는 그 물결에 올라타기 위해 물고기가 탈파닥거리듯 안간힘을 쓴다. 새로운 변화에 적응하지 못하면 도태될지도 모른다는 불안감이 엄습하는 탓이다.

반대로 육지에서 썰물이 빠지듯 무언가가 자취를 감추는 변화도 있다. 이는 내 곁에 있던 존재나 대상이 닿을 수 없는 아득한 곳으로 홀연히 사라지는 변모이므로, 이땐 누구라도 멀어지는 것의 바짓가랑이를 붙잡고 눈물을 흘리기 마련이다. 설렘이 아닌 서글픔을 동반하는 변화이기 때문이다.

썰물을 닮은 변화에도 나름의 순기능이 있다. 인생의 진폭을 확장한다는 점에서 그렇다.

익숙한 것에 둘러싸여 안정감을 느낄 때가 아니라 익숙한 것을 빼앗겨 박탈감에 시달릴 때, 우리 마음속에선 감정의 파도가 일어난다. 감정이 요동치거나 그것이 마음의 벽에 부딪쳐 산산이 부서져야, 인생의 행로를 바꿀 만한 사연과 동기도 생겨난다. 이는 우리 삶에 내포된 가장 지독한 아이러니다.

최선

아무리 노력해도
안 되는 일이 있기에

육안으로 직접 보고 사야 하는 식재료가 있어서 동네 마
트에 갔다. 카트를 밀며 계산대를 빠져나오는 길, 내 앞에
서 부부로 보이는 이들이 심각한 표정으로 대화를 나누
고 있었다.

여자가 한숨 섞인 목소리로 말했다.

"여보, 더 끌고 가는 건 아무래도 무리인 것 같아요. 조만
간 결정해요."

사내는 대답이 없었다. 그는 고개를 돌려 통창 너머의 풍
경을 몇 초간 내다본 뒤 맥없이 입을 열었다.

"난 실패하지 않을 줄 알았어. 최선을 다하면 될 줄 알았지. 그런데 뜻대로 되질 않네. 창업 초보가 업계에서 살아남긴 어려운 것 같아. 여기서 포기해야 하나 싶기도 하고…."

'실패'와 '포기' 같은 말이 그의 입에서 왜 흘러나왔는지 나로선 감히 짐작할 수 없었지만, 누구나 일상에서 보편적으로 떠올리곤 하는 단어이기에 나도 모르게 고개를 <u>끄덕끄덕</u>했다.

실패를 겪지 않는 사람은 없다.
아니, 세상엔 성공하는 사람보다
실패하는 사람이 훨씬 더 많다.
어쩌면 성공이 아니라 실패가
인간 삶의 본질인지도 모른다.

다만 실패를 대하는 태도와 관점은 저마다 다르다. 실패 사례에서 교훈을 얻는 사람이 있고, 참담한 결과 앞에서도 의연함을 잃지 않고 도전 의지를 불태우는 사람도 있으며, 실패를 견딜 만한 맷집을 기르지 못해 좌절감과 패배감에 허덕이는 이들도 있기 마련이다.

문득 중·고교 시절을 돌이켜보았다. 교실 정면에는 '최선을 다하자!'처럼 노력의 중요성을 강조하는 글귀가 굵은 글씨로 적혀 있었다.

한때는 그걸 가슴에 품고 꿈을 키우기도 했으나, 학교를 졸업하고 사회생활을 하면서 그런 구호가 얼마나 공허한가를 뒤늦게 깨닫곤 했다.

최선을 다할 필요가 없다는 얘기가 아니다. 노력이나 인내의 가치는 오늘날에도 유효하다. 하지만 인생에는 최선의 노력을 다해야 하는 순간만 있는 것이 아니다. 그렇지 않은 때도 엄연히 존재한다.

사회 각 분야의 경쟁이 격화하면서 노력을 쏟아부으면 이루어질 법한 일은 점점 줄어드는 데 비해 개인의 노력만으론 성취하기 어려워 보이는 일은 갈수록 늘고 있다.

'하면 된다' 같은 문장에 서려 있는 도전 정신이 때론 도움이 될 수도 있지만, 그런 구호에 맹목적으로 매달리다간 빠르게 변화하는 현실에 제대로 대처하지 못할 수도 있다.

게다가 인간은 로봇이 아니기에, 모든 일에 균등한 에너지를 쏟아가며 최선을 다할 수가 없다. 역량을 응집해서 밀어붙여야 하는 일이 있으면, 일은 적당히 완수하되 다음 도전을 위해 다소간의 힘을 비축하는 전략을 구사해야 하는 경우도 있는 법이다.

그러므로 거듭된 실패로 몸과 마음이 피폐해진 상황이라면, 마른 수건을 짜듯 온갖 노력을 투하해 삶의 에너지를 소진하기보다 포기할 건 신속하게 포기하고 후일을 도모하는 것이 현명한 선택일지도 모른다.

물론 '현명한 포기'를 통해 상황을 빠르게 정리하기 위해선 일을 시작할 때 발휘했던 용기보다 훨씬 커다란 용기가 필요할 테지만 말이다.

행운

우리가 운에
집착하는 까닭

요즘 대형 서점에 가면 운에 관한 책들이 계산대 근처 매대에 진열된 모습을 흔히 볼 수 있다. 주로 운을 모으는 방법에 관한 도서들인데, 평생 운이 없어서 뜻을 이루지 못한 사람도 단숨에 운을 관리해서 행운아가 될 수 있고, 나아가 성공을 쟁취할 수 있다고 설파하는 내용이 대부분이다.

이런 책을 접할 때마다 궁금해진다. 과연 인간의 노력으로 운을 불러들일 수 있을까? 개인의 노력과 마음가짐에 따라 운의 흐름이 바뀌기도 하는 걸까?

여하튼 이상한 일이다. 고도로 발달한 문명을 누리는 현대인의 입에서 '행운'과 '불운' 같은 단어가 빈번하게 튀어나온다는 사실이 말이다.

글쎄. 대부분 사람이 운에 집착한다는 것은, 아무리 치밀하게 계획을 세우고 부지런히 실천해도 일이 뜻대로 풀리지 않는 경우가 많아서 무언가에 꾸준히 매달리기보다 내심 요행을 바라며 사는 이들이 많다는 걸 의미하는지도 모르겠다.

실은 나도 몇 해 전까진, 성공한 사람들이 강연이나 언론 인터뷰를 통해 운에 관한 이야기를 들려주면 귀를 쫑긋 세우고 경청했다. 그들의 말에 고개를 끄덕였다. 일리가 있다고 여겼으니까.

요즘 들어 생각이 변했다. 운을 한곳에 모으는 일이 사람의 노력만으로 가능하다고 생각하지 않는다.

단순히 좋은 일을 많이 하면 운이 쌓이고 나쁜 행동을 거듭하면 운이 달아날까?

얼핏 도덕책에 적혀 있을 것 같은 이 말은 유감스럽게도 우리가 발 딛고 살아가는 현실에선 제대로 적용되지 않는 것 같다.

우리 사회에는 평생을 성실하게 살아도 자기 분야에서 빛을 보지 못하는 사람이 수두룩하고, 반대로 부도덕한 행동을 일삼던 파렴치한이 어느 날 갑자기 행운의 주인공이 되는 사례도 적지 않다. 운이라는 오묘한 것이 개개인의 삶에 언제 유입되고 또 어떻게 작용하는지 알 수 없는 마당에, 어찌 그걸 자유자재로 관리하거나 누릴 수 있다는 말인가.

나는 행운을 불러들이는 방법 따위에는 관심이 없다. 평소 운에 기대지 않는 데다 개인이 노력해서 운을 붙잡을 수 있다는 발상 자체를 신뢰하지 않는다.

다만 운의 속성이 움직인다는 데 있다는 주장엔 어느 정도 동의하는 편이다. 한자 운運에는 '옮기다', '움직이다' 같은 뜻이 스며 있다.

운은 끊임없이 움직인다. 한때의 행운이 영원한 행복을 보장하지 않으며, 갑자기 불운이 닥쳤다고 해서 죽을 때까지 재앙이 지속하는 것도 아니다.

흔히 사람들은 행운과 불운이 대척점에 있다고 여긴다. 그래서 행운이 다가오면 불운하지 않고, 불운한 사람은 행운을 누리지 못한다고 생각한다.

과연 그럴까. 정말 그렇다면 그 둘은 우리 곁에 동시에 다가오지 못해야 한다. 동전의 양면이 시간상의 차이를 두지 않고 같은 때에 눈앞에 펼쳐질 순 없지 않나. 그러나 현실에선 행운과 불운이 동시에 다가오는 순간이 얼마든지 있다. 좋은 운수에 그렇지 않은 요소가 묻어 있거나 불행 속에 행복의 씨앗이 심겨 있는 경우는 그야말로 비일비재하다.

행운과 불운은 대립적인 것이 아니라 삶의 해변에 밀려드는 각기 다른 모양의 파도가 아닌가 싶다.

복잡하게 뒤엉킨 행운과 불운이 한꺼번에 닥쳐올 때, 우리가 어느 한쪽으로만 걸음을 옮기며 그것을 실제보다 더 크게 느끼는 것뿐, 그리하여 행운이라는 파도에 다가갈수록 불운을 외면하고 반대로 불운의 물결에 뒤덮일수록 행운을 알아채지 못하는 것은 아닐는지….

어쩌면 우린 머리와 마음에서 운이라는 모호한 세계를
걷어내야 하는지도 모른다.
그래야 행운과 불운 앞에서 평정심을 유지할 수 있고, 어
쩌다 운이 밀려와도 필요 이상으로 들뜨지 않을 수 있으
며, 하루아침에 운이 떨어져나가더라도 지나치게 낙담하
지 않을 수 있다. 한마디로, 운에 집착하지 않아야 운에
구애받지 않고 살아갈 수 있다.

운은 어딘가에 뿌리를 내려
죽을 때까지 박혀 있는 나무가 아니다.
나무에 앉아 땀을 식히고 깃털을 고르는
한 마리 새와 비슷하다.
운은 날개를 퍼덕이며
이 나무에서 저 나무로 옮겨 다닌다.

물결

쉼 없이 흐르는 세월의 강물

KBS에서 방영하는 〈동네 한 바퀴〉라는 프로그램을 시청했다. 백발의 어르신이 오랫동안 마음속에 간직해온 사연을 진행자 앞에서 털어놓았다.

남편과 큰아들이 술 때문에 병을 얻어서 차례로 세상을 등졌다고, 어르신은 담담하게 말했다.

"내가 술을 얼마나 원망했는지 알아요? 정말 미치도록 원망했어요…."

하지만 어르신은 작은아들을 키우기 위해 어쩔 수 없이 집에서 술을 빚어 장터에 내다 팔았다고 했다. 그토록 미위했던 술 덕분에 삶을 버틸 수 있었던 셈이다. 지난날을 떠올리는 순간 어르신의 눈꺼풀이 잠자리 날개처럼 파르르 떨렸다. 마음에 쟁여져 있었던 것처럼 보이는 굵은 눈물이 뚝뚝 떨어졌다.

흔히들 삶을 강물에 비유한다. 둘은 여러모로 닮았다. 둘 다 돌이킬 수 없다.

하류로 떠내려간 강물은 상류의 물레방아를 돌리지 못하고, 이미 벌어진 일은 아무리 후회해도 절대 없던 일이 될 수 없다.

강물도 삶도 도무지 종잡을 수가 없다. 강물 위에서 일렁이는 바람은 잔잔하다가도 알 수 없는 이유로 갑자기 거세진다. 그러면 덩달아 물살도 사나워진다.

흐름을 예측하기 어려운 건 삶도 매한가지다. 자신의 미래를 내다볼 수 있는 사람은 없다. 그저 '내 삶이 이렇게 흘러가면 좋을 텐데'라는 식으로 원하는 바를 머릿속으로 그리면서 다들 앞날을 다짐할 뿐이다.

또한, 강물과 삶을 구성하는 재료가 늘 깨끗하고 아름다운 것도 아니다.

강물은 맑은 물과 탁한 물이 한데 뒤섞여 커다란 물줄기
를 형성해 힘 있게 내뻗친다.

삶도 그렇다. 우리가 사랑하는 게 아니라 때론 서럽게 여
기는 것이 우리를 인생의 하류로 실어 나른다. 삶을 살아
가게끔 한다.

마음을 편안하게 해주는 것이 아니라 불편하게 만드는
무언가가 삶을 버티게 하는 원동력이 되곤 한다.

가장 커다란 고통을 주는 사람과 사건이 결과적으로 내
게 가장 커다란 통찰력과 분별력을 안겨주는 경우도 있
다. 물론 세월이 한참 흐른 뒤에야 이를 깨닫게 되지만
말이다.

홀로

어떤 과정은
혼자서 겪어야 하기에

주말 밤에 온 가족이 거실에 모여 TV 드라마를 시청하고 있었는데, 어머니와 동생이 하품을 하더니 먼저 자겠다고 자리를 떴다. 나는 조금 전까지 재미있게 보던 드라마에 좀체 몰입할 수가 없었다.

이처럼 다른 사람과 함께 겪을 때 그 경험의 의미와 크기가 확장되는 행위가 있다. 그런 일을 혼자 하면 재미가 반감된다. 감흥이 확 식어버린다.

반대로 혼자 경험해야 능률이 오르고 즐거움 또한 오롯이 느낄 수 있는 일도 존재하기 마련이다.

글쓰기야말로 그렇다. 글쓰기는 본질적으로 작가의 내면에 침잠해 있는 자기 목소리에 귀를 기울이는 일이다. 간혹 다른 작가로부터 글쓰기에 대한 조언을 듣기도 하고 타인과 머리를 맞대며 생각을 주고받는 과정에서 글의 재료를 얻을 때도 있지만, 머릿속에 있는 생각을 끄집어내 문장으로 써 내려가는 일까지 누가 대신 해주진 않는다.

다른 작가의 경우는 잘 모르겠으나, 적어도 나는 타인과 어울리는 시간에서 벗어나 '자발적 고독' 속으로 홀로 걸어 들어갈 때 작가로서 자아를 발견하고 영감을 얻곤 한다.

물론 이 고독은 단순히 타인과 일시적으로 거리를 두기 위한 격리가 아니라 고독 너머에 있는 타인에게 내가 쓴 문장으로 말을 걸기 위한 능동적 고립에 해당할 테지만 말이다.

서너 해 전, 이와 비슷한 이야기를 한 독자에게 들려준 적이 있다. 서점에서 사인회를 진행하던 어느 날 작가 지망생으로 보이는 그가 다짜고짜 물었다.

"이기주 작가님, 작가가 되는 방법을 요약해서 알려주시 겠어요?"

사적인 자리였다면 장시간에 걸쳐 이야기를 들려줄 수도 있었지만 깊이 있는 대화를 나눌 시간이 부족했기에 나 는 아래와 같이 대답했다.

"글쎄요, 제가 압축적으로 답할 수 있는 문제가 아닌 것 같은데요. 그래도 어떤 말이라도 듣고 싶으세요?"

"예, 짧은 이야기도 좋습니다."

"으음, 이렇게 이야기하고 싶어요. 방금 하신 질문의 방향 을 '남'이 아닌 '나'로 바꿔보면 어떨까요. 그러니까, 누군 가가 어렵게 찾아낸 해법이나 이치를 질문 하나로 쉽게 입수하려 하기보다, '정말 그럴까? 다른 방법은 없을까?' 하고 끈질기게 질문을 퍼부으면서 본인만의 답에 다가 갔으면 하는 바람입니다. 스스로 던진 질문을 통해 터득 한 지식과 정보만이 작가로 나아가는 길을 밝혀줄 겁니 다. 제가 이 자리에서 드릴 수 있는 이야기는 이 정도입 니다."

"혼자 질문하라고요? 저한테요?"

과거와 달리 누구나 작가가 될 수 있는 시대다. 쓰는 사람과 읽는 사람의 경계가 허물어진 지 오래다.

다만 출간 기회를 얻기는 생각보다 쉽지 않다. 출판 시장의 사정이 그리 녹록하지 않기 때문이다. 책을 출간하려는 사람은 늘고 있지만 책을 찾는 수요는 정체를 벗어나지 못하고 있다. 머지않아 독자보다 작가가 더 많아질지도 모른다는 우스갯소리가 나올 정도다.

출판사 입장에선 원고를 투고한 작가의 이력이 특이하거나 글이 정말 뛰어나지 않는 한 굳이 비용을 들여 무명작가의 책을 출간할 이유가 없다.

상황이 이렇다 보니, '편집자의 마음을 사로잡는 마법의 법칙', '창작자로 성공하는 방법' 따위의 이야기를 그럴싸하게 정리해서 책으로 펴내는 이들도 많다.

하지만 이런 유형의 책을 접하게 되면 '아, 그런 방법이 있었군요!' 하고 고개를 끄덕이면서 적당히 참고만 했으면 하는 바람이다. 그들이 설파하는 내용을 현실에서 그대로 따라 하다가는 소기의 목적을 달성하기는커녕 오히려 낭패를 볼 수도 있다.

우리 사회의 모든 분야가 그렇겠지만 특히 출판 시장의 판도는 한 치 앞을 내다볼 수 없다. 어떻게 흘러갈지 예상할 수 없으므로, 누구나 적용할 수 있는 성공의 법칙이 있다는 주장도 곧이 믿어선 안 된다.

실은 나도 신인 작가 시절에는 머릿속을 뱅뱅 맴도는 궁금증을 단번에 해결하고 싶었다.

그래서 간결하게 정리된 정답이나 방법을 찾아 헤맸다. 그걸 찾아내면 작가로서 한 단계 도약할 수 있을 거라 믿었다.

문제는 정답이라고 생각했던 것에 접근하는 순간 일어났다. 답을 찾을 때마다 더 깊은 질문이 마음에서 고개를 들었다. 이런 과정은 끊임없이 되풀이됐다.

뭐랄까. 무수한 질문과 정답으로 연결된 뫼비우스의 띠에 갇혀 있는 듯한 기분이 들었다고 할까. 허무하기도 했고 혼란스럽기도 했다.

'질문이 너무 쉬웠던 걸까? 내가 그동안 오답을 정답으로 착각했던 걸까? 아니면 명확한 답이 존재하는 지극히 단순한 질문만 떠올렸기 때문에 어설픈 답밖에 찾지 못한

건가?'

이러한 생각에 휩싸인 뒤부터 나는 조금 다른 유형의 질문을 품기 시작했다.

딱 떨어지는 답이 존재하는 질문이 아니라 쉽게 답을 주지 않는 물음을 던진 것이다. 그런 물음이야말로 글쓰기에 대한 끊임없는 고민으로 나를 이끌었다.

소수만 아는 비법을 활용해 성공이라는 세계로 직행할수 있다고 주장하는 이들을 만나면 나는 진지하게 묻고싶다.

"당신은 정말 성공했습니까? 아직 덜 성공했기 때문에성공 신화를 떠벌리며 돈을 버는 건 아닌가요? 아, 그래요. 백번 양보해서 이미 성공했다고 칩시다. 그러면 당신은, 당신이 이룩한 성공을 당장 재연할 수 있습니까? 성공을 되풀이할 수 있나요? 만약 그렇다면 당신의 비법을인정하겠습니다!"

짧지 않은 무명 시절을 버티는 동안 나는 명징하게 깨달았다. 직업적으로 글을 쓰면서 살아가려면 다른 작가가 이미 걸어간 길을 답습하기보다 나만의 길을 찾아야 하고, 이를 위해선 인파로 북적이는 큰길에서 벗어나 때로는 아무도 없는 샛길로 접어들어야 한다는 것을 말이다. 이는 비단 글쓰기에만 국한된 이야기가 아닐 것이다. 삶이라는 항해 속에서 남보다 멀리 나아가려면, 결국엔 남이 아니라 내가 일으킨 파도에 올라타야 한다.

희망

대체로 밝지만
때론 어두운 것

희망의 속성은 참으로 묘하다. 마음속에 한번 심어지면 좀체 뿌리 뽑히지 않는다. 희망은 마음에 오래 남아 절망을 다독인다. 그렇다면 희망은 늘 밤하늘의 별처럼 찬란하게 반짝이는가? 희망은 대체로 밝고 아름답지만, 때론 절망보다 어두컴컴하고 위험하다. 참혹한 상황에서 끝까지 미소를 잃지 않고 희망에 매달리다가 더 깊이 좌절하는 사람도 있으니 말이다. 그렇기에 나는 희망이 인간의 고통을 무조건 줄여준다고 단언할 순 없을 듯하다.

속다

때론 자신마저
속이는 사람들

건널목에서 보행 신호를 기다리고 있었다. 신호가 바뀌
자, 내 앞에 있던 사람 중 한 명이 음료가 반쯤 담긴 일회
용 컵을 길바닥에 버렸다. 난 바로 뒤에서 대화를 엿들었
다. 그들 중 누군가가 주변을 휘둘러보며 컵을 버린 사람
에게 물었다.

"여기다 버려도 돼?"

"뭐 어때. 다른 사람들은 더해!"

길을 건너는 동안 "다른 사람들은 더한다"는 말이 귓바퀴
에 맴돌았다.

어떤 이들은 사회 규범을 어기거나 잘못을 저지르는 순
간 과오를 뉘우치려 하지 않고 본인보다 더 큰 잘못을 범
한 사람의 얼굴을 떠올린다.

그러면서 죄책감을 삼키고 스스로 면죄부를 준다. 당연
히 내면의 고통 따윈 느끼지 않는다.

'저 사람의 행동에 비하면 내가 저지른 건 아무것도 아니
지. 그래, 난 잘못이 없어!'

글쎄다. 이런 태도는 잘못을 바로잡는 데 하등의 도움이
되지 않을뿐더러 진실을 외면하고 자신을 속인다는 점에
서 일종의 '자기기만'에 가깝지 않나 싶다.

쉽게 말해 자기기만은 문제를 인정하지 않고 자기 합리
화의 함정에 빠져 진실을 회피하는 경향을 일컫는다. 이
는 맹목적인 믿음을 기반으로 하는 경우가 많다. 그래서
자기기만에 빠진 사람은 반대되는 증거가 나와도 거들떠
보지 않는다. 오히려 그런 자료를 내민 사람에게 공격적
인 태도를 보이곤 한다.

미국 작가 퍼트리샤 하이스미스의 소설을 각색해 영화로
만든 〈리플리〉의 주인공 톰 리플리^{맷 데이먼}는 자기기만으

로 허구의 세계를 쌓아 올린다.

호텔에서 일하며 평범하게 살아가던 리플리는 어느 날 피아노 연주를 하다가 우연히 빌려 입은 프린스턴 대학 재킷 덕분에 그린리프제임스 레브혼라는 자산가의 눈에 띈다. 그린리프는 리플리가 자기 아들과 같은 대학 출신인 줄 알고 개인적인 부탁을 한다. 이탈리아에 있는 사고뭉치 아들 딕키주드 로를 집으로 데려와 달라는 것. 리플리는 이를 흔쾌히 수락하고 딕키에 관한 정보를 수집한다.

딕키와 대면한 리플리는 대학 동창 행세를 하며 친분을 쌓는다. 어느새 딕키의 연인과도 친해진 리플리는 자신이 상류 사회의 일원이 된 것 같아 마음이 들뜨기도 하지만, 한편으론 현재 누리는 삶과 실제 모습 간의 괴리로 혼란스러워한다.

그러나 그것도 잠깐일 뿐, 자신이 꾸며낸 허구의 모습에 점점 익숙해져 자연스럽게 행동하기에 이른다.

그러는 사이 딕키의 주변인들은 리플리의 정체를 의심하기 시작한다. 리플리는 자신이 꿈꾸는 세계를 유지하기 위해 더 큰 거짓말을 지어내고, 심지어 끔찍한 범죄까지 저지른다.

소설과 영화가 화제를 모으면서 '리플리증후군'이라는 용어도 널리 알려졌다. 이는 본인이 창조한 허구를 진실로 여겨 상습적으로 거짓된 말과 행동을 일삼는 반사회적 인격 장애를 뜻한다.

거짓이 탄로 날까 봐 불안해하는 단순한 거짓말쟁이와 달리, 리플리증후군을 보이는 사람은 자신의 거짓말을 완전한 진실로 받아들인다.

영화를 보는 내내 어쩌면 우리 안에도 리플리가 살고 있을지 모른다는 생각이 떠나지 않았다.

우린 때때로 남은 물론이고 자신마저 속인다. 뭔가 잘못 돌아가고 있다는 걸 알면서도 불안감을 잠재우거나 자신을 괴롭히는 상황과 감정에서 도망치기 위해 눈앞에 거짓을 늘어놓는다.

하지만 상황을 일시적으로 모면하기 위해 매번 거짓을 꾸며내다 보면 삶의 문제를 해결하기는커녕 오히려 거짓말에 무감각해지기 마련이다.

그렇게 되면 진실한 것과 거짓된 것을 분별하는 능력을 잃어버리는 건 물론이고 참된 자기 모습과도 점점 멀어질 수밖에 없다.

나라는 존재가 사라지고, 거짓으로 지어낸 타인이 내 안을 비집고 들어와 떡하니 자리를 차지하게 되는 것이다. '나'를 잃고 살아간다는 건, 살아 있어도 살아 있는 게 아닐 것이다.

건사

스스로를 보살피고 돌보는 일

"자신에게 주어진 길을 끝까지 걸어가는 사람은 속도를
유지하는 사람도, 방향을 잃지 않는 사람도 아니다.
리듬을 잃지 않는 사람이다."

_ 《마음의 주인》 중에서

얼마 전 합정역 근처 서점에 들렀다가 '덕희카페'라는 곳
을 찾아갔다. 노트북 작업을 할 만한 창가 자리가 있어서
겸사겸사 방문한 곳인데, 입구에 들어서는 순간 내가 쓴
책들이 눈에 들어왔다. 카페 주인장이 내 책을 읽은 독자
인 듯했다.

일반 서점의 매대든 카페 구석 자리가 됐든 한 권의 책이 일정한 공간을 차지하고 버티기란 쉬운 일이 아니다. 난 흐뭇한 미소를 지으며 누렇게 바랜 책의 판권지를 일일이 펼쳐 인쇄 날짜를 확인했다.

순간 내 머릿속에는 '버티다'라는 동사와 함께 야구 선수를 꿈꾸던 어린 시절의 기억이 떠올랐다.

초등학교에 다닐 때 잠시 야구를 했었다. 당시만 해도 류현진 선수 같은 메이저리그 투수를 목표로 훈련했다, 라고 말하고 싶지만 아무래도 그건 과거를 미화하는 시도인 것 같고, 실은 실력이 형편없었다. 선수 생활을 오래 이어가지 못하고 일찍 운동을 그만두었다.

그래도 한때는 프로 선수가 꿈이었다는 이유로 TV로 야구 경기를 시청하는 날이면 초롱초롱한 눈망울로 브라운관이 뚫어져라 응시한다.

'아, 나도 저 마운드에 서 있어야 하는데….'

얼마 전 야구 중계를 보다가 깊은 생각에 잠겼다. 왕년에 장타자로 유명했지만 지금은 여러 팀을 전전하는 신세가 된 한 베테랑 선수가 타석에 들어섰다.

그는 앞선 타석에서 신인 투수에게 삼진을 당했다. 오늘 따라 스트라이크와 볼을 제대로 구분하지 못하는 것처럼 보였다. 공이 한가운데로 몰려도 자신 있게 배트를 휘두르지 못했다.

살아 있는 모든 것은 마음이 평정하지 못하면 평소와 다른 소리를 낸다고 했던가.

배트가 공에 닿지 않고 허공을 가를 때마다 그의 입에선 "앗!" 하는 기합 소리가 터져 나왔다.

선수 출신의 해설자가 말했다.

"아, 오늘 정말 안 좋아 보이네요. 몸은 물론이고 심리적인 상태도 별로인 것 같아요. 스윙할 때 힘이 너무 많이 들어가네요."

캐스터가 물었다.

"오랜 기간 선수 생활을 하셨잖아요. 경기가 안 풀리는 날엔 어떻게 하셨나요?"

"글쎄요. 특별한 방법 같은 건 없었어요. 아무리 해도 안 되는 날은 너무 잘하려고 애쓰지 않았습니다. 그냥 버티는 게 목표였어요."

살다 보면 유난히 몸과 마음의 상태가 좋지 않은 날이 있기 마련이다. 그런 날이면 우린 두 개의 선택지 가운데 하나를 고르곤 한다.

평소와 다른 모습을 남에게 들키지 않으려고 몸에 무리가 갈 정도로 안간힘을 쓰기도 하고, 긴 한숨과 함께 "일이 잘 풀리지 않네"라고 푸념하면서 아예 모든 걸 내려놓기도 한다.

둘 다 후폭풍이 만만치 않다. 심신의 상태를 고려하지 않은 채 몸을 혹사하다가는 자칫 과부하로 끊어지는 퓨즈 같은 신세가 될 수도 있고, 스스로 자포자기하며 크게 나자빠지게 되면 훗날 다시 몸을 일으킬 땐 생각보다 많은 시간과 에너지를 들여야만 한다.

다른 선택지는 없을까? 어쩌면 너무 잘하려고 몸부림을 치기보다 스스로 심신을 돌보면서, 평소에 비해 크게 처지지 않는 결과를 내는 것을 목표로 그럭저럭 버티는 것도 한 방법이 아닐까 싶다.

우리 사회는 "버틴다"는 말을 습관적으로 내뱉는 사람을 자기 자리에서 밀려나지 않기 위해 애쓰는 수동적이고 미온적인 사람으로 취급한다.

온당하지 않은 평가다. 우린 그 어느 때보다 불확실성이
일반화된 시대를 건너가고 있다. 앞으로 어떤 일이 일어
날지 모르는 요즘 같은 때에 지금보다 나아질 거라는 믿
음으로 마음을 떠받치며 현재를 견디는 것은 단순한 기
다림 이상의 의미를 지닌다.

어떤 면에서 현재를 꿋꿋이 버틴다는 건 몸과 마음을 건
사하면서 후일을 도모한다는 걸 의미한다.

앞으로 나아가지 못하고 한자리에 머물러 있는 것 같더
라도 와르르 무너지지 않고 묵묵히 버티고 있다면, 스스
로를 힐난하거나 자책할 필요가 없다.

꾸역꾸역 현실을 견디면서 세월을 건너가고 있다는 사실
만으로도 삶은 충분한 의미가 있다.

관문

삶의 이쪽에서
저쪽으로

학창 시절, 할리우드 배우 존 트라볼타가 아니라 '장 트러블타'라는 별명을 얻은 친구가 있었다. 학업 성적이 상위권에 속하던 녀석은 특별히 아픈 곳이 없는데도 시험 일만 다가오면 배를 움켜쥐며 화장실로 달려가곤 했다. 친구는 성적을 유지해야 한다는 부담감 때문에 시험 울렁증이 생기는 것 같다고 하소연했다.

어쩌면 녀석의 입장에선 일정한 절차에 따라 실력을 평가받는 시험이라는 과정이 무슨 일이 있어도 반드시 통과해야 하는 중요한 관문으로 여겨졌을지도 모른다. 당연히 부담감이 컸으리라.

어떤 면에서 삶은 크고 작은 문門을 드나드는 일의 연속일지도 모른다.

살면서 우린 오만가지 문을 통과함으로써 삶의 이쪽에서 저쪽으로 건너간다. 하나의 문을 지나 익숙한 곳에서 낯선 곳으로 진입한다. 그 과정에서 때론 설렘을 느끼기도 하고 때론 불안에 떨기도 한다.

나도 살아오면서 다양한 문을 열어젖혔다. 개중에는 혼자선 도저히 열 수 없는 문이 있었고, 내 힘으론 결코 닫을 수 없는 문도 있었으며, 발만 들이밀면 쉽게 열릴 것처럼 보이는 허술한 문도 있었던 것 같다.

가끔은 아예 문 자체가 없는 때도 있었는데, 난 그것도 모른 채 존재하지도 않는 문을 향해 몸과 마음을 뻗어가며 손잡이를 더듬곤 했다.

문이 열리지 않아서 애를 먹거나 문 자체가 없다는 걸 뒤늦게 깨달을 때면 좌절에 빠졌다. 희망이 보이지 않았기 때문이다.

어떤 문 앞에선 어처구니없는 실수를 범하기도 했다. 긴장한 나머지 입구를 찾지 못하거나 문에 다가가기도 전에 힘이 빠져 손잡이를 돌리지 못한 때도 있었다.

다채로운 삶의 문 앞에서 항상 평정심을 유지할 수 있으면 좋으련만, 그게 말처럼 쉽지 않다.

학창 시절 내 친구의 경우처럼 무조건 통과해야 한다는 생각이 앞설수록 오금이 저리고 입술이 타들어가기 마련이다.

거기다가 이번 시험과 관문이 내 인생을 결정지을지도 모른다는 염려가 마음에서 싹트기라도 하면 부담감과 긴장감에서 헤어나기가 여간 힘든 게 아니다.

중요한 시험이 삶에 큰 영향을 미치는 건 당연하다. 그러나 시험 하나로 결정이 날 정도로 우리의 삶이 그렇게 단순한가? 그렇지 않다는 걸 우린 잘 알고 있다. 각기 다른

삶의 길은 분리되어 있는 것 같지만 서로 연결되어 있는
경우가 많고, 따라서 어떤 문을 통과하지 못한다고 해도
길을 우회해서 꾸준히 걷다 보면 또 다른 문이 반드시 눈
앞에 나타나게 돼 있다.

더욱이 중요한 문 하나를 통과한다고 해서, 중간 과정을
거치지 않고 꿈에 그리는 목표에 단번에 도달할 수 있는
것도 아니다.

하나의 문 앞에서 지나치게 불안해하거나 긴장할 필요가
없다. 종류가 다른 무수한 문이 우리 앞에 놓여 있을 뿐
이다.

죽음

유한한 시간에 갇힌 존재

사랑하는 아내를 하늘로 먼저 떠나보내고 인생의 황혼기를 보내고 있는 요한네스가 평소보다 가벼운 몸과 마음으로 아침을 맞이한다.

평생 바다를 생업의 터전으로 살아온 요한네스는 궂은 날씨에도 꽃게를 잡기 위해 해변으로 향한다. 그는 집을 나서기 전에 창고를 들여다본다. 자신과 마찬가지로 세월의 흔적이 묻어 있는 잡다한 물건들이 오늘따라 유독 고요를 내뿜고 있음을 느낀다.

요한네스는 해변을 걷다가 친구 페테르와 우연히 마주친다. 어릴 적부터 서로의 머리를 잘라줄 정도로 막역한 사이인 페테르와 일상의 이야기를 주고받은 요한네스는 평소처럼 바다를 향해 힘껏 어구漁具를 던진다. 그런데 어찌된 일인지 물속으로 가라앉지 않는다. 그는 묘한 기분을 느낀다.

이상한 일은 또 일어난다. 요한네스가 거리에서 빠르게 걷고 있는 딸을 발견하고 반갑게 이름을 부르지만, 딸은 그를 알아보지 못하고 그냥 스쳐 간다. 도대체 무슨 일이 일어난 걸까.

노르웨이 작가 욘 포세의 《아침 그리고 저녁》이라는 소설을 읽었다. 작가는 본문에 마침표를 거의 사용하지 않고 문장과 문장 사이를 오로지 쉼표로만 연결했다. 그는 이채롭고 담담한 필체로 삶과 죽음에 대한 심오한 메시지를 건넨다.

삶 속에 죽음이 있으며 죽음 속에 삶이 있다고, 죽음은 거창한 사건이 아니라 인간이라면 누구나 마주하게 되는 지극히 평범하고 자연스러운 과정이라고.

소설을 읽고 시선을 내 삶으로 돌려본다. 우리의 생애를 압축적으로 표현하면 '해가 뜰 무렵부터 캄캄한 밤이 될 때까지 개인이 겪는 일련의 사건들!' 정도로 규정할 수 있을지 모른다.

그만큼 인생은 쏜살같이 흘러간다. 가끔은 그 속도에 매몰되지 않고 스스로 멈춰 서서 지나온 여정을 돌아봐야 하는데, 죽음을 화두로 한 책과 영화가 그런 기회를 제공해주곤 한다.

나 역시 욘 포세의 소설을 읽으면서 삶과 죽음에 관한 생각을 새삼 가다듬을 수 있었다.

다만 생각이란 것이 너무 많아지면 그중 일부가 부정적인 방향으로 뻗어나가기 마련이다. 《아침 그리고 저녁》의 책장을 덮는 순간 나는 두려운 생각이 들었다. 언젠가는 필연적으로 다가올, 나와 내 주변 사람들의 죽음이 문득 떠올랐기 때문이다.

모든 사람이 그렇겠지만 나도 죽음이 두렵다. 죽음 자체가 두렵다기보다 죽음이라는 미지의 세계에 무엇이 있는지 알지 못하기 때문에 나는 죽음이 두렵다.

그런 점에서 죽음의 문턱까지 갔다가 기적적으로 살아 돌아오는 이른바 '임사 체험'을 했다고 주장하는 이들의 이야기는 내게 흥미롭게 들린다. 그들 중 일부는 낭만적인 경험담을 들려준다.

"삶을 마감할지도 모른다는 생각이 들었을 때, 모든 추억을 이승에 두고 떠나야 한다는 걸 직감했습니다. 그런데 어찌 된 일인지 사랑에 대한 기억만큼은 마음에서 놓을 수 없었습니다."

언뜻 꽤 그럴듯하게 들린다. 이들의 이야기가 허무맹랑하게 다가오지 않는다. 하기야 사람은 생이 다하는 순간까지 누군가를 혹은 무언가를 사랑하려 애쓰는 존재가 아닌가.

자연스레 궁금증이 고개를 든다. 그런데 왜 하필 사랑일까? 왜 우린 생의 마지막 순간까지 사랑을 갈구하는 걸까? 숨이 넘어가기 직전까지도 누군가를 사랑했던 기억을 마음에서 놓지 못하는 이유가 뭘까?

인간은 유한한 시간에 갇혀 있다.

삶은 어떤 면에서 한때의 사건에 지나지 않는다.

모든 인간은 지구라는 생명의 바다에서

죽음이라는 육지를 향해 헤엄쳐 나아간다.

저마다 그 속도만 다를 뿐이다.

여전히 인간은 죽음 앞에서 무력하다.

그뿐만 아니라 무지하기도 하다.

막연히 모든 것이 소멸하거나

영혼과 육신이 분리되는 수순 정도로만

죽음을 받아들일 뿐이다.

죽음 너머에 무엇이 있는지 우리는 모른다.

모르면 두렵다.

무지無知에선 두려움이 피어난다.

어쩌면 우린 죽음에 깃든 쓸쓸함과 두려움을 조금이라도

떨쳐내기 위해 나 아닌 다른 누군가와 사랑을 주고받는

것인지도 모른다.

그렇다. 오직 사랑만이 삶의 유한성에서 비롯되는 허무와 공포를 사그라들게 만든다.

세월의 흐름 속에서 점점 남루해질 수밖에 없는 몸과 마음을 온전히 누일 보편의 은신처는 사랑밖에 없다.

만약 우리가 세월에 바스러진 뒤에도 마음만 먹으면 언제든 부활할 수 있다면, 어떤 방식으로든 삶을 영원히 이어갈 수 있다면, 우린 일상에서 죽음이라는 단어를 떠올리지 않을 것이며, 구태여 사랑이라는 버팀목을 부여잡고 현생을 살지도 않을 것이다.

그러므로 사랑은 생명과 탄생에서 비롯되는 것이 아니라 죽음과 소멸의 산물이라고 말할 수 있지 않을까? 어쩌면 말이다⋯.

당신의 삶을 떠받치고
당신을 살아가게 하는

보편의 단어

1판 1쇄 발행 2024년 1월 11일
1판 7쇄 발행 2024년 7월 9일

지은이   이기주
편집자   이기주
펴낸이   이기주
디자인   ALL designgroup
펴낸곳   말글터
등록   2015년 4월 8일 제2015-00076호
주소   서울특별시 종로구 종로1 교보생명빌딩
문의   malgeulsite@gmail.com
팩스   031-8038-5654

ISBN   979-11-955221-7-0 03810